ANNE FRANKs
KURZGESCHICHTEN

Anne Frank:
Kurzgeschichten und Textentwürfe

Edition Metis

– Bibliografische Information der Deutschen Nationalbibliothek –
Die Deutsche Nationalbibliothek verzeichnet diese Publikation in
der Deutschen Nationalbibliografie; detaillierte bibliografische Daten
sind im Internet über http://dnb.d-nb.de abrufbar.

IMPRESSUM

ISBN: 978-3755776901

ANNE FRANK: KURZGESCHICHTEN

— Kurzgeschichten und Textentwürfe aus dem ›Hinterhaus‹ —

Originalausgabe 2022/2016 (Print & eBook) by © Edition Metis®

Übersetzt aus dem niederländischen Original von © Anna Maria Graf, 2016

Die Originale der von Anne Frank handgeschriebenen Geschichten befinden sich im
Anne Frank-Haus und im Reichsinstitut für Kriegsdokumentation, beide in Amsterdam.

Herausgeber: Edition Metis | Lektorat: textkompetenz.net

© Alle Rechte für Übersetzung, Vorwort, Covergestaltung
und eBook-Design liegen bei Edition Metis

anne.frank.tagebuch@gmail.com

Gesetzt aus der Garamond

Herstellung und Verlag: BoD – Books on Demand, 22848 Norderstedt

Dieses Buch gibt es auch als eBook,

z. B. im amazon Kindle Bookstore

Inhalt

Vorwort des Herausgebers

Wer nur Anne Franks Tagebuch kennt, kennt zu wenig. Zwischen ihrem 13. und 15. Lebensjahr schrieb das Mädchen im Versteck im ›Hinterhaus‹ zahlreiche Kurzgeschichten und notierte in literarischer Form Beobachtungen aus dem täglichen Leben. Dieses belletristische Werk Anne Franks ist für ein Mädchen dieses Alters unglaublich professionell. Alle Geschichten Annes haben einen geplanten Handlungsbogen, verfolgen einen ›Plot‹ und kommen, je nachdem, zu einem tragischen oder fröhlichen Ende, nicht selten verknüpft mit einer Überraschung oder einem Aha-Erlebnis. Und nicht zuletzt scheint bei allen Geschichten Annes große, tief anrührende Sensibilität durch, ihre Sehnsüchte und ihre Erwartungen ans Leben.

Hätte Anne Frank die Nazizeit überlebt, wäre wahrscheinlich eine große Schriftstellerin aus ihr geworden. In ihrem Tagebucheintrag vom 5. April 1944 schreibt sie: »Ich will fortleben, auch nach meinem Tod. Und darum bin ich Gott so dankbar, dass er mir mit meiner Geburt schon einen Weg mitgegeben hat, mich zu entwickeln und zu schreiben, also alles auszudrücken, was in mir ist. Durch Schreiben werde ich alles los. Mein Kummer vergeht, mein Mut kommt zurück.«

Leider war es Anne nicht vergönnt, ihren Weg als Schriftstellerin durchs Leben zu gehen. Aber dieser Satz: »Ich will fortleben, auch nach meinem Tod« – er hätte sich nicht eindrucksvoller bewahrheiten können.

Anne Franks Tagebuch und ihre ›Erzählungen aus dem Hinterhaus‹ gelten heute als bedeutendste schriftliche Zeugnisse aus der Zeit der Nazi-Diktatur.

Das hier vorliegende Buch enthält *nicht* Anne Franks Tagebuch und die von ihr ›erweiterten‹ Tagebucheinträge, die an anderer Stelle erschienen sind, sondern ihr belletristisches Werk.

DIE ZEIT IM ›HINTERHAUS‹, im Versteck der dort verborgenen Juden, dauerte vom 6. Juli 1942 bis zum 4. August 1944 – etwas mehr als zwei Jahre. Anne schrieb hier ihr berühmtes Tagebuch, und auf losen Blättern belletristische Kurzgeschichten und Textentwürfe, die nach der Verhaftung der Versteckten von einer früheren Mitarbeiterin[1] von Annes Vater Otto Frank im Hinterhaus aufgesammelt und verwahrt wurden.

Die Verhaftung

Es war ein schwüler Sommermorgen, am 4. August 1944, und das Leben im Hinterhaus schien auch an diesem Tag seinen gewohnten Lauf zu nehmen – als vormittags gegen halb elf ein Auto vor dem Haus Prinsengracht 263 stoppte. Aus dem Wagen sprangen ein SS-Mann[2] und eine Handvoll bewaffneter Helfer. Sie schienen die Lage des Verstecks zu kennen, denn zielsicher schlugen sie die richtige Richtung ein, durchbrachen den Wandschrank, der die nach oben führende Treppe verbarg, gelangten in die Wohnräume der Untergetauchten und nahmen alle acht Versteckten[3] fest. Ebenso die beiden Helfer Victor Kugler und Johannes Kleiman.

Die Nazis gingen gnadenlos mit den verhafteten Juden um. Mit dem letzten Transport, der von Amsterdam in die Vernichtungslager des Ostens fuhr, brachte man sie am 3. September 1944 nach Auschwitz, einige wurden danach in andere Konzentrationslager verteilt.

---

[1] Hermine Gies, genannt ›Miep‹

[2] Der österreichische SS-Oberscharführer Karl Josef Silberbauer

[3] Neben Annes Eltern Edith und Otto Frank und ihrer Schwester Margot, waren noch das Ehepaar Hermann und Auguste van Pels (im Tagebuch: van Daan), deren Sohn Peter, sowie der Zahnarzt Fritz Pfeffer (im Tagebuch: Albert Dussel) im Versteck. Alle Untergetauchten wurden nach der Verhaftung von den Nazis in unterschiedlichen Konzentrationslagern getötet – bis auf Annes Vater Otto, der als Einziger die Katastrophe überlebte.

Annes Mutter Edith Frank starb am 6. Januar 1945 im Frauenlager Auschwitz-Birkenau an Hunger und Erschöpfung. Anne und ihre Schwester Margot wurden Ende Oktober 1944 ins KZ Bergen-Belsen in der Lüneburger Heide gebracht. Dort herrschten entsetzliche hygienische Zustände, und im Winter 1944/45 brach eine Typhusepidemie aus. Viele Tausende Häftlinge fanden den Tod. Völlig erschöpft, ausgehungert und krank starb Anne hier einige Tage nach ihrer Schwester Margot. Das vermutete Todesdatum der beiden Mädchen liegt zwischen Ende Februar und Anfang März 1945. Nur rund einen Monat später, am 12. April 1945, erreichten englische Truppen das Lager und befreiten die letzten Überlebenden.

Als Einziger der acht im ›Hinterhaus‹ Versteckten überlebte Annes Vater Otto Frank. Über viele Umwege traf er im Juni 1945 wieder in Amsterdam ein und ging zu seiner alten Firma in der Prinsengracht 263, in deren Hinterhaus das Versteck gewesen war. Hier traf er auf seine frühere Assistentin Miep Gies[4], die ihm Annes Tagebuch und die anderen Schriften übergab.

© *Anna Maria Graf, 2016*

---

[4] Die beiden Helferinnen Miep (Hermine) Gies und Bep (Elisabeth) Voskuijl, frühere Assistentinnen in der Firma von Otto Frank, waren von der SS nicht verhaftet worden. Miep Gies überlebte die schlimme Zeit am längsten. Sie starb 2010 im Alter von 100 Jahren in Amsterdam.

Evas Traum

[Oktober 1943. Anne und ihre Familie sind nun seit 14 Monaten im Versteck]

Teil I

»Gut' Nacht, Eva, schlaf gut!«

»Gleichfalls, Mams!«

Das Licht erlosch, und Eva lag einen Moment im Dunkeln, dann, als sie an die Dunkelheit gewöhnt war, merkte sie, dass die Mutter die Vorhänge gerade so weit zugezogen hatte, dass noch ein breiter Spalt blieb, und da hindurch konnte Eva direkt in das kugelrunde Gesicht des Mondes blicken. So ruhig stand der Mond am Himmel, bewegte sich nicht, lachte immerzu und war zu jedem gleich freundlich.

»Wäre ich nur auch so«, sagte sich Eva halblaut, »könnte ich nur immer freundlich und gelassen sein, sodass jeder mich brav und lieb findet. O, das wäre so schön!«

Eva sann und sann weiter über den Mond nach und verglich ihn mit sich selbst, die bloß so schrecklich unbedeutend war. Schließlich fielen ihr vom vielen Nachdenken die Augen zu, während ihre Gedanken sich in einem Traum verloren, an den Eva sich am nächsten Morgen noch so gut erinnerte, dass sie sich später oft fragte, ob er nicht doch Wirklichkeit gewesen war.

Eva stand am Eingang eines großen Parks, durch dessen Zaun sie zögerlich hineinsah und nicht recht wagte, einzutreten. Gerade als sie wieder umkehren wollte, kam ein kleines Mädchen mit Flügeln herbei und sagte: »Na Eva, komm ruhig herein, oder weißt du nicht, wohin des Wegs?«

»Nein«, gab Eva verlegen zu.

»Nun, dann will ich dir den Weg weisen«, und das energische Elflein ergriff schnell Evas Hand.

Mit ihrer Mutter und Großmutter war Eva schon oft in Parks gewesen, aber noch nie hatte sie so einen schönen Park wie diesen hier gesehen.

Eine Fülle von Blumen, Bäumen und üppigen Wiesen sah sie, alle möglichen Sorten von Insekten, und kleine Tiere, wie Eichhörnchen und Schildkröten.

Das Elflein sprach heiter über vieles mit ihr, und Eva hatte nun ihre Scheu so weit überwunden, dass sie etwas zu fragen wagte, aber schell bedeutete ihr die Elfe Schweigen, indem sie den Finger auf Evas Lippen legte.

»Ich werde dir alles der Reihe nach zeigen und erklären, und danach darfst du mich, wenn du etwas nicht verstehst, fragen, sonst aber musst du still sein und mich nicht unterbrechen; falls du das tust, werde ich dich sofort wieder zurück nach Hause bringen, und dann bleibst du genauso unwissend wie die anderen dummen Menschen. Also, nun fange ich an: Zuerst ist hier die Rose, die Königin der Blumen; sie ist so schön und duftet so lieblich, dass jeder davon berauscht wird, und sie selbst von sich am meisten. Die Rose ist schön, elegant und verströmt Wohlgeruch, aber wenn etwas nicht nach ihrem Willen geht, zeigt sie sofort ihre Dornen. Die Rose ist ganz wie ein verwöhntes kleines Mädchen, schön, elegant und auf den ersten Blick lieb, aber kommst du ihr zu nahe, oder widmest du ihr nicht deine volle Aufmerksamkeit, so zeigt sie sofort ihre Krallen. Ihr Ton wird schnippisch, sie ist beleidigt und will sich gerade dadurch interessant machen. Ihre Manieren sind aufgesetzt und gekünstelt.«

»Aber Elfchen, wie kommt es dann, dass jeder die Rose als Königin der Blumen betrachtet?«

»Das kommt daher, dass fast alle Menschen sich durch ihren äußerlichen Glanz blenden lassen; es gibt wenige, die nicht die Rose genannt hätten, wenn die Menschen hätten abstimmen dürfen. Die Rose ist erhaben und schön, und genau wie in der Welt wird auch bei den Blumen nicht gefragt, ob eine andere, die von außen hässlich erscheint, vielleicht innerlich schöner ist und eher zum Regieren bestimmt.«

»Sag, Elflein, gefällt dir die Rose also nicht?«

»Doch sicher, Eva, die Rose *ist* von außen schön, und würde sie nicht immer im Vordergrund stehen wollen, könnte sie vielleicht auch liebenswert sein; aber da sie nun einmal die Blume aller Blumen ist, wird sie sich immer schöner finden, als sie in Wahrheit ist; und solange es so bleibt, ist die Rose hochmütig, und hochmütige Wesen mag ich nicht!«

»Ist Leentje dann auch hochmütig? Sie ist doch auch so schön und durch ihren Reichtum die Anführerin der Klasse?«

»Denk einmal selbst nach, Eva, dann wirst du erkennen, dass Leentje, wenn sich Marietje in eurer Klasse einmal gegen ihre Meinung stellt, alle Mädchen gegen sie aufhetzt. Sie sagt, dass Marietje hässlich und arm ist. Ihr anderen tut, was Leentje sagt, denn ihr wisst alle, dass sie böse auf euch wird, wenn ihr nicht tut, was die Anführerin will, und ihr schnell für immer ihre Gunst verspielt.

Leentjes Gunst zu verlieren, bedeutet für euch fast soviel, wie wenn der Direktor lange Zeit böse auf euch wäre.

Ihr dürft dann nicht mehr zu ihr nach Hause kommen, ihr werdet von dem Rest der Klasse geschnitten. Mädchen wie Leentje werden später im Leben einsam sein, denn wenn die anderen Mädchen reifer sind, werden sie zusammen gegen Leentje sein, aber, Eva, wenn dies bald geschieht, kann sich Leentje vielleicht noch ändern, bevor sie für immer alleine bleibt.«

»Muss ich also alles versuchen, um die anderen Mädchen zu bewegen, nicht mehr auf Leentje zu hören?«

»Ja. Erst wird sie böse und wütend auf dich sein; ist sie jedoch ruhiger geworden und erkennt, wie sie gehandelt hat, dann wird sie dir sicher sehr dankbar sein und sie wird aufrichtige Freunde finden, anders als bisher.«

»Nun verstehe ich alles, aber sage mir Elflein, bin ich auch so hochmütig wie die Rose?«

»Schau, Eva, Menschen und Kinder, die sich über solche Sachen überhaupt Gedanken machen, können gar nicht hochmütig sein, denn hochmütige Menschen scheren solche Gedanken nicht. Du kannst dir diese Frage also am besten selber beantworten, und ich kann dir nur empfehlen, das zu tun. Und nun lass uns weitergehen, schau mal, ist das nicht lieb?«

Bei diesen Worten kniete sich die Elfe zu einem blauen Maiglöckchen nieder, das sich im Takt des Windes sanft im Gras wiegte. »Dieses Glöckchen ist freundlich, lieb und schlicht. Es bringt Freude in die Welt; es läutet für die Blumen, wie die Kirchenglocke für die Menschen. Es hilft vielen Blumen und gibt ihnen Trost. Das Glöckchen fühlt sich nie einsam, es trägt Musik in seinem Herzen. Diese Blume ist ein viel glücklicheres Wesen als die Rose. Sie braucht sich keine Gedanken über das Lob der anderen machen; die Rose lebt nur für und von Bewunderung; bleibt diese aus, so ist nichts übrig, das ihr Freude machen könnte. Ihr schönes Äußeres lebt nur für die anderen Menschen, ihr Herz ist leer und trist. Das Glöckchen dagegen ist nicht so schön, hat aber ›echte‹ Freunde, die sie für ihre Melodien loben, und diese Freunde wohnen im Herzen der Blume.

»Dieses Glöckchen ist doch auch eine hübsche Blume ...«

»Ja, aber nicht so strahlend wie die Rose, und die Pracht zieht leider die meisten Menschen mehr an.

»Aber ich fühle mich auch oft allein und möchte bei anderen Menschen sein, ist das denn nicht gut?

»Damit hat das nichts zu tun, Eva. Wenn du einmal reifer bist, wirst du selbst das Lied in deinem Herzen klingen hören, da bin ich sicher!

»Erzähl nur weiter, liebe Elfe, ich finde dich und deine Geschichte sehr schön.

»Gut, weiter. Schau nach oben!«

Mit ihrem kleinen Finger zeigte die Elfe nach oben, auf einen sehr großen, alten, würdevollen Kastanienbaum: »Dieser Baum ist majestätisch, nicht wahr?«

»O ja, wie ist der groß; wie alt mag er wohl sein, Elflein?«

»Der ist sicher schon mehr als hundertfünfzig Jahre alt. Aber er ist noch kerzengerade und fühlt sich gar nicht alt. Diese Kastanie wird von jedem wegen ihrer Stärke bewundert, und dass sie stark ist, beweist ihre Gleichgültigkeit gegenüber jeder Bewunderung. Sie duldet niemanden über sich und ist in allem egoistisch und uninteressiert; wenn nur *sie* hat, was sie will, ist alles andere unwichtig. Diese Kastanie sieht so aus, als ob sie freigiebig wäre, und eine Hilfe für jeden, aber so sehr kann man sich irren. Der Kastanie ist es am liebsten, wenn sie keiner mit Sorgen behelligt. Sie führt ein heiteres Leben, aber gönnt das niemand anderem. Die Bäume und Blumen wissen das; mit ihrem Kummer gehen sie immer zu der freundlichen, liebenswürdigen Föhre, doch um die Kastanie machen sie einen Bogen.

Und doch trägt auch der Kastanienbaum ein kleines, kleines Liedchen in einem ganz großen Herzen, das sieht man an seiner Zuneigung zu den Vögeln. Für die hat er immer ein offenes Plätzchen, und ihnen vergönnt er auch etwas, auch wenn es nicht viel ist.

»Kann ich diesen Kastanienbaum auch mit einer bestimmten Art von Menschen vergleichen?«

»Das brauchst du nicht zu fragen, Evchen. Es ist so, dass alle lebenden Wesen mit anderen verglichen werden können. Die Kastanie macht da keine Ausnahme; übrigens, sie ist nicht grundschlecht, aber gut für die Menschen ist sie auch nicht. Sie tut niemanden was zuleide; sie lebt ihr eigenes Leben und ist zufrieden. Möchtest du mich nun noch etwas fragen, Eva?«

»Nein, ich hab' alles verstanden und bin dir sehr dankbar für deine Erklärungen, Elfe. Nun gehe ich nach Hause, aber komm doch wieder zurück, um mir mehr zu erzählen.«

»Das ist nicht möglich. Schlaf gut, Evchen!.

Weg war das Elflein, und Eva wachte auf, als der Mond der Sonne Platz machte und die Kuckucksuhr nebenan Sieben schlug.

Teil II

Dieser Traum hatte auf Eva Eindruck gemacht. Fast jeden Tag ertappte sie sich jetzt bei kleinen Fehlern und immer erinnerte sie sich dann an die Ratschläge des Elfleins.

Mit der Zeit bemühte sie sich auch, Leentje nicht immer nachzugeben, aber Mädchen wie Leentje merken sofort, wenn jemand etwas gegen sie hat oder ihren Platz in Frage stellen will. Sie wehrte sich dann auch heftig, wenn Eva bei diesem oder jenem Spiel vorschlug, eine andere solle einmal die Führung übernehmen. Ihre ›Getreuen‹ (so nannten sie die Mädchen, die Leentje durch dick und, so sagten sie, auch durch dünn folgen wollten) wurden gegen die ›herrische‹ Eva aufgehetzt. Eva jedoch spürte erfreut, dass Leentje gegen sie doch nicht so rücksichtslos verfuhr wie mit Marietje.

Die war ein kleines, zartes und schüchternes Mädchen, über das Eva sich sehr wunderte, denn sie wagte es, Leentje zu widersprechen. Genau betrachtet kam es Eva so vor, als sei Marietje eigentlich eine viel nettere und liebere Freundin als Leentje.

Ihrer Mams erzählte Evchen nichts von der Elfe; warum, wusste sie selbst nicht, denn bis dahin hatte sie ihr alles anvertraut; doch nun hatte sie zum ersten Mal das Bedürfnis, dies ganz für sich zu behalten. Sie wunderte sich über sich selbst, aber sie hatte das Gefühl, dass Mams sie in dieser Sache nicht verstehen würde. Die Elfe war so schön, und Mams war ja im Park nicht dabei gewesen. Sie hatte also die Elfe noch nie gesehen. Eva konnte ihr deshalb auch nicht beschreiben, wie das Elflein aussah.

Es dauerte nicht lange, und der Traum hatte auf Eva so eine große Wirkung, dass es ihrer Mutter auffiel, wie verändert ihre Tochter war. Sie erzählte andere, ernsthaftere Dinge als bisher und regte sich kaum noch über Belangloses auf. Aber da sie nicht erzählte, warum sie sich so auffallend verändert hatte, wagte ihre Mutter nicht, nachzuforschen. So lebte Eva weiter, während sie in Gedanken den Ratschlägen der Elfe noch andere gute hinzufügte, die sie sich selbst gab. Von der Elfe aber hatte sie seitdem nie mehr eine Spur gesehen.

Leentje war jetzt nicht mehr die Chefin der Klasse, die Mädchen übernahmen nun der Reihe nach die Führung. Zuerst war Leentje sehr wütend, aber als sie nach einiger Zeit merkte, dass dies nichts nützte, wurde sie umgänglicher. Zum Schluss behandelte man sie wieder wie alle anderen auch, denn sie verfiel nicht mehr in ihre früheren Fehler.

Als das erreicht war, beschloss Eva, die ganze Geschichte ihrer Mutter zu erzählen. Es wunderte sie ein wenig, dass diese nicht zu lachen anfing, sondern sagte: »Das ist ein großer Vorzug, den dir die Elfe da gewährt hat, mein Kind. Ich glaube nicht, dass sie viele Kinder dafür geeignet hält. Nimm dir dieses Vertrauen zu Herzen und sprich zu keinem mehr darüber. Tu immer, was dir die Elfe geraten hat, und weiche davon nicht ab!«

Eva wurde älter und tat viel Gutes, wo immer es ihr möglich war. Als sie sechzehn Jahre war (vier Jahre nach der Begegnung mit dem Elflein), war sie überall als ein freundliches, sanftes und hilfsbereites Mädchen bekannt. Jedes Mal, wenn sie wieder etwas Gutes vollbracht hatte, fühlte sie sich froh und innerlich gewärmt, und mit der Zeit verstand sie, was die Elfe mit dem ›Lied im Herzen‹ gemeint hatte.

Als sie erwachsen geworden war, kam ihr eines Tages der Gedanke und die Erkenntnis, was und wer die Elfe gewesen sein könnte. Mit einem Mal wusste sie sicher: Es war ihr eigenes Gewissen gewesen, das ihr im Traum das Gute gezeigt hatte; und sie war sehr froh, dass sie die Elfe in ihrer Jugend als Vorbild gehabt hatte.

Weißt du noch?

Erinnerungen an die Schulzeit im jüdischen Lyzeum

Weißt du noch?

Es sind schöne Stunden, wenn ich von Schule, Lehrern, Abenteuern und Jungs erzählen kann. Als wir noch ein normales Leben führten, war alles großartig. Das Jahr im Lyzeum war herrlich für mich. Die Lehrer, mein Curriculum, die Scherze, die Blicke, das Verliebtsein und die Verehrer.

Weißt du noch?

Eines Mittags kam ich aus der Stadt nach Hause, und im Briefkasten lag ein Päckchen »d'un ami. R...« ... Es konnte nur von Rob C.* sein. In dem Päckchen war eine Brosche, supermodern, die mindestens 2.50 Gulden wert war. Robs Vater handelte mit diesen Sachen. Zwei Tage trug ich sie – dann war sie kaputt.

Weißt du noch?

Wie Lies und ich die Klasse verraten haben. Wir hatten Klassenarbeit in Französisch. Ich war dabei ziemlich gut, Lies nicht. Sie kupferte alles von mir ab, und ich kontrollierte, um zu verbessern (ihre Arbeit). Sie bekam 5/6, ich 4/5, denn durch meine Hilfe hatte sie schließlich ›ein bisschen Vorsprung‹ vor mir. Durch die Noten 5/6 und 4/5 bekamen wir beide eine große Null. Riesige Empörung. Wir versuchten, P.[5] die Sache zu erklären, und am Ende sagte Lies: »Die ganze Klasse hat doch das Buch unter der Bank gehabt!«

P. versprach, die Klasse nicht zu bestrafen, wenn alle, die ihre Arbeit abgeschrieben hatten, den Finger hoben. Etwa zehn Finger

---

– das waren nicht einmal die Hälfte – gingen nach oben. Nach drei Unterrichtsstunden mussten wir die Klassenarbeit unerwartet noch einmal schreiben. Lies und ich wurden als Verräterinnen abgestempelt. Schon sehr bald konnte ich das nicht mehr ertragen und schrieb einen langen Bittbrief an Klasse I L II, um es wieder gut zu machen. Zwei Wochen später war der Fall vergessen. Der Brief lautete ungefähr so:

An die Schüler der Klasse I L II.

Hiermit bieten Anne Frank und Lies Goosens den Schülern der Klasse *I L II* ihre verbindliche Entschuldigung wegen des feigen Verrats bei der französischen Klassenarbeit an.

Die Tat passierte, ehe wir richtig darüber nachgedacht hatten, und wir gestehen gerne ein, dass wir die Strafe eigentlich hätten allein tragen müssen. Wir meinen, dass es wohl jedem einmal geschehen kann, dass ihm in Zorn ein Wort oder ein Satz entgleitet, der schlimme Folgen hat, der jedoch nie so gemeint war. Wir hoffen, dass *I L II* das Geschehene auch so beurteilen wird und Schlechtes mit Gutem vergilt. Man kann nichts mehr ändern, die beiden Schuldigen können die Tat nicht ungeschehen machen.

Wir hätten diesen Brief nicht geschrieben, wenn uns das Geschehene nicht ehrlich leid täte. Ferner bitten wir noch jene, die uns bis heute quälen, damit aufzuhören, denn so gewaltig war die Tat doch nicht, um bis in alle Ewigkeit als Missetäter dastehen zu müssen. Doch wer noch nicht über unsere Tat hinwegsehen kann, möge zu uns kommen und uns gehörig die Meinung sagen oder uns um einen Gefallen dieser oder jener Art bitten; wir werden, wenn es uns irgend möglich ist, bestimmt darauf eingehen. Wir vertrauen darauf, dass nun alle Schüler der Klasse *I L II* das Geschehene vergessen können.

Anne Frank und Lies Goosens[6]

---

[6] *Hannah Goslar, Annes beste Freundin, von ihr auch manchmal Hannah Goosens genannt*

Weißt du noch?

Wie Pim P.* in der Straßenbahn zu Rob C. sagte – in einer Art, dass Sanne Houtman es hören konnte und es mir später erzählte –, Anne habe doch ein viel hübscheres Gesicht als Diana L., vor allem wenn sie lacht. Die Antwort von Rob war: »Wie groß doch deine Nasenlöcher sind, Pim!«

Weißt du noch?

Wie Maurice C. sich bei Pim[7] *[hier ist Annes Vater gemeint, nicht Pim P.]* anzumelden versuchte, um Umgang mit seiner Tochter zu erbitten.

Weißt du noch?

Wie Rob C. und Anne Frank einen lebhaften Briefwechsel hatten, als Rob im Krankenhaus lag.

Weißt du noch?

Wie Sam S. mir ständig mit dem Fahrrad hinterher fuhr und mich am Arm fassen wollte.

Weißt du noch?

Wie Bram A. mich auf die Wange küsste, als ich ihm versprach, nichts – keinem Menschen – von Trees L. und ihm zu erzählen.

Ich hoffe, so eine unbeschwerte Schulzeit kommt irgendwann einmal zurück.

---

[7] *Pim: Spitzname von Annes Vater Otto Frank.*

Mein erster Lyzeums-Tag

NACH VIELEM HIN UND HER, Beratschlagen und Grübeln, war es dann doch so weit, dass ich auf das Jüdische Lyzeum gehen konnte, und nach ein paar Telefonaten sogar ohne Aufnahmeprüfung. Ich war in allen Fächern eine klägliche Schülerin, vor allem aber in Mathematik, und zitterte innerlich, wenn ich an die kommende Geometriestunde dachte.

Ende September erreichte uns der lang ersehnte Brief, dass ich mich an dem und dem Tag im Oktober beim Jüdischen Lyzeum in den ›Stadstimmertuinen‹[8] anzumelden hätte. An dem betreffenden Tag goss es in Strömen und darum war es unmöglich, das Fahrrad zu nehmen.

Dann halt mit der Bahn, natürlich nicht ohne ausreichend Begleitung. An der Schule angekommen, herrschte dort rege Geschäftigkeit; Gruppen von Mädchen und Jungs standen beisammen und schwatzten; viele gingen hin und her und fragten ständig: »Bist du in meiner Klasse«, »O, dich kenne ich«, »In welcher Klasse bist du?«

So ungefähr erging es auch mir, außer Lies Goslar war keine einzige Bekannte zu entdecken, die zu mir in die Klasse kommen sollte, und das war kein erfreulicher Gedanke. Die Schule fing an, und in der Klasse wurden wir von einem grauen Fräulein mit flachen Absätzen, einem langen Kleid und Mausgesicht begrüßt.

Sie guckte sich, ständig die Hände reibend, das Treiben an, und gab die geforderten Auskünfte. Namen wurden aufgerufen, Bücher benannt, die bestellt werden sollten, man beredete dieses und jenes, und dann konnten wir wieder nach Hause gehen.

---

[8] *Gebäudekomplex des Lyzeums*

Um ehrlich zu sein, war das doch eine große Enttäuschung; ich hatte zumindest den Stundenplan erwartet und noch etwas: ... den Direktor. Zwar sah ich im Flur einen kleinen, dicken, gemütlich wirkenden Mann mit Pausbäckchen, der jedem freundlich zunickte und sich mit einem etwa gleich großen anderen Mann, mager, mit Brille, dünnem Flaumbart und einem vornehmen Gesicht, unterhielt, aber ich hatte keine Ahnung, dass der eine von beiden der sogenannte Hausmeister und der andere der Direktor war. Zu Hause berichtete ich aufgeregt von meinen Erlebnissen, aber im Großen und Ganzen war ich, was Schule, Lehrer, Mitschüler und Stundenplan betraf, genauso schlau wie zuvor.

Genau eine Woche nach dem Tag der Anmeldung sollte die Schule dann beginnen. Wieder regnete es fürchterlich, aber ich wollte trotzdem mit dem Fahrrad hinfahren. Mutter gab mir eine Trainingshose, damit ich um Himmels Willen nicht nass würde, und dann ging es los.

Nun fährt Margot meistens sehr schnell mit dem Rad, und keine zwei Minuten später war ich schon so außer Puste, dass ich sie bitten musste, etwas langsamer zu fahren. Weitere zwei Minuten später kam ein solcher Sturzregen herab, dass mir Mutters warme Trainingshose einfiel und ich abstieg, um dieses Kleidungsstück umständlich anzuziehen, ohne es in Pfützen zu tauchen. Darauf stieg ich frohen Mutes wieder auf, aber schon nach kurzer Zeit ging es mir wieder zu schnell dahin, und ich musste Margot nochmals bitten, zu bremsen.

Die war am Rand der Verzweiflung und sagte mir schon beim ersten Anhalten, sie würde in Zukunft lieber alleine fahren; sicher fürchtete sie, zu spät zu kommen!

Aber wir erreichten die Schule doch noch rechtzeitig, und nachdem wir die Fahrräder geparkt hatten, fingen wir wieder an zu ratschen, unter dem Tor, das zur Amstel[9] führt. Punkt halb 9 durften wir hinein gehen. Neben dem Eingang hing eine große Tafel, auf der stand, dass etwa 20 Schüler in eine andere Klasse kamen, als geplant.

Ausgerechnet ich war unter diesen 20. Dort stand auch, dass ich in die Klasse *I L II* gehen musste. So kam ich in eine Klasse, in der ich zwar ein paar Jungs und auch einige Mädchen oberflächlich kannte, aber Lies war in *I L I* geblieben, und ich fühlte mich ein wenig verlassen, als ich in die hinterste Reihe, hinter lauter größere Mädchen, gesetzt wurde und mutterseelenallein da saß.

Schon in der zweiten Stunde hob ich meine Hand und fragte, ob ich nicht umgesetzt werden könne, denn hinter den breiten Rücken könnte ich nicht viel sehen, außer wenn ich mich zur Seite lehnte.

Der Antrag wurde umgehend bewilligt, und so packte ich meinen Kram wieder und zog um. In der dritten Stunde hatten wir Gymnastik; die Lehrerin war viel freundlicher, als ich erwartet hatte, sodass ich bei ihr darauf drängte, ob sie es nicht einrichten könne, Lies hierher zu bekommen; wie die Lehrerin das geschafft hat, weiß ich nicht – auf jeden Fall kam Lies in der nächsten Stunde und wurde neben mich gesetzt. Jetzt war ich mit der ganzen Schule versöhnt; die Schule, die mir noch soviel Freude und Nutzen geben sollte, lächelte mich nun freundlich an, und guten Mutes begann ich auf das zu lauschen, was uns der Erdkundemensch erzählte.

---

[9] *Amstel: Kanalisierter Fluss im Süden von Nordholland, der auch durch Amsterdam fließt.*

Eine Biologiestunde

HÄNDEREIBEND kommt sie in den Raum, händereibend setzt sie sich, händereibend, händereibend, händereibend.

Fräulein Riegel von Biologie (»Nattehis«[10] sollen wir das Fach ja nicht nennen), klein, grau, blaugraue Augen, große Nase, ein rechtes Mause- oder anderes Tiergesicht. Hinter ihr werden Bio-Karte und Skelett hereingetragen. Sie stellt sich hinter das Pult, nochmal händereibend, und die Stunde beginnt.

Erst wird ausgefragt und dann erklärt. Oh, sie weiß viel, das Fräulein Riegel, kann gut erzählen, von Fischen bis hin zu Rentieren, und am liebsten (so hat Margot erzählt) spricht sie und stellt Fragen über die Fortpflanzung. (Wohl gerade darum, weil sie eine ›alte Jungfer‹ ist.) Plötzlich wird sie in ihrer Erzählung gestört. Ein Papierklümpchen segelt durch die Klasse, genau auf meine Bank.

»Was *haast* du *daa?*« fragt sie. (Fräulein Riegel ist aus Den Haag!)[11]

»Ich weiß es nicht, Fräulein!«

»Komm her mit dem Papierfetzen!«

Zögernd trat ich aus meiner Bank und brachte das Papierchen nach vorne.

»Von wem ist das?!«

»Ich weiß nicht, Fräulein, ich habe es noch nicht gelesen.«

»Oh, dann werden wir das gleich tun.«

Sie entfaltete das Papier und zeigte mir den Text, der nur aus dem Wort ›Verräterin‹ bestand.

Ich errötete. Sie sah mich an.

---

[10] *Scherzhafte Verkürzung des holländischen »Naturhistorie« (Naturkunde)*

[11] *Verspottung des Haager Akzents, der als affektiert gilt*

»Weißt du jetzt, von wem das kommt?«

»Nein, Fräulein.«

»Du lügst!«

Ich wurde feuerrot und sah das Fräulein mit funkelnden Augen an, sagte aber kein Wort.

»Ich möchte wissen, von wem das kommt. Wer das Papier geworfen hat, soll die Hand hochheben!«

Ganz hinten in der Klasse ging ein Finger in die Höhe.

Wie ich gedacht hatte, war es Rob C.

»Rob, komm her!« Rob kam.

»Warum hast du das Papierchen geschrieben?« Schweigen.

»Weißt du es, Anne? Was das soll?«

»Ja, Fräulein.«

»Erzähle!«

»Geht das nicht ein anderes Mal, Fräulein? Es ist eine lange Geschichte.«

»Nein, erzähl!«

Und ich erzählte von der französischen Klassenarbeit mit der Sechs wegen des Spickens, und von dem Verrat an der Klasse.

»Schön ist das! Und Rob, hältst du es für nötig, Anne deine Meinung während der Stunde wissen zu lassen? Und, Anne, ich kann es dir nicht glauben, dass du nicht wusstest, von wem das Papierchen kam. Setzt euch!«

Ich war wütend. Die Sache erzählte ich zu Hause, und als sich später eine Gelegenheit bot, Fräulein Riegel abzupassen, schickte ich Vater hin.

Er kam nach Hause und erzählte, dass er das Fräulein immerzu Riggel genannt habe, und dass sie Anne Frank sehr nett fände und sich an die sogenannten Lügen gar nicht mehr erinnern könne.

Eine Mathematikstunde

[12. August 1943]

EINDRUCKSVOLL steht er vor der Klasse, groß, betagt, mit ›Vatermörder‹[12], stets im grauen Anzug, Glatze mit einem Kranz grauer Haare. Redet in einem komischen Dialekt, oft schimpfend, oft lachend. Ist nachsichtig, wenn man sich bemüht, zornig, wenn man faul ist.

Von zehn Kindern, die ausgefragt werden, sind neun ungenügend. Immer wieder berichten, erklären, begründen, um zu einem Ergebnis besser als einer Sechs zu kommen.

Er mag es, Rätsel aufzugeben, plaudert nett nach der Stunde und war früher Vorsitzender eines Fußballclubs.

Herr Kepler und ich stritten uns oft wegen ... des Schwätzens. In nur drei Unterrichtsstunden bekam ich sechs Ermahnungen, bis es dem Meister zu bunt wurde und er mir zur Abschreckung einen Aufsatz von zwei Seiten aufgab. Den Aufsatz lieferte ich in der nächsten Stunde ab, und Herr Kepler, der schon einen Spaß aushalten konnte, lachte herzlich über den Inhalt; darin stand zu Beispiel:

»Ich muss mich tatsächlich bemühen, mir das Schwätzen ein bisschen abzugewöhnen, aber ich fürchte, dass da nicht viel zu machen ist, denn dieses Übel ist erblich bedingt. Meine Mutter redet auch so gerne, also habe ich es wohl von ihr. Sie konnte es auch bis heute nicht abstellen ...

Dieser Aufsatz sollte die Überschrift ›Eine Klatschbase‹ haben. In der nächsten Stunde hatte ich jedoch schon wieder Anlass zu einem gemütlichen Schwätzchen ... und Herr Kepler nahm sein Büchlein und schrieb hinein: »Fräulein Anne Frank, für die nächste Stunde einen Aufsatz über: ›Eine *unverbesserliche* Klatschbase‹«

---

[12] *Vatermörder: So bezeichnet man einen steifen, vorne offenen, hohen Stehkragen des Herrenoberhemds*

Auch dieser Aufsatz wurde abgegeben, so wie es einem braven Schüler geziemt, aber in der nächsten Stunde wiederholte sich das Übel erneut. Worauf Herr Kepler in seine Kladde schrieb: »Fräulein Anne Frank, einen Aufsatz von zwei Seiten zum Thema: ›Kwek, kwek, kwek, sagte Fräulein Snaterbek‹[13].«

Was tun? Ich merkte recht gut, dass es eigentlich ein Spaß war, sonst hätte er zur Strafe Rechenaufgaben gestellt, und deshalb wurde ich wagemutig und beantwortete den Scherz mit einem anderen, ich schrieb nämlich einen Aufsatz in Reimen, mit Sanne Houtmans Hilfe, und der erste Teil davon lautete wie folgt:

> »Kwek, kwek, kwek, sagte Fräulein Snaterbek,
> und rief ihre Kinderchen ums Eck.
> »Piep, piep, piep«, so kamen sie.
> »Hast du noch Brot für uns,
> Für Gerrit, Mietje und Alphons?«
> »Ja sicher habe ich es hier,
> Ich hab's gesucht und gefunden am Pier,
> Ich hab's für euch dort stehlen müssen,
> Hier habt ihr es, teilt's nach bestem Gewissen!«
> Die Entlein folgten dem Rat ihrer Mam,
> Und jeder nahm, was ihm zukam,
> Sie riefen dabei: »Tük, tük, tük«
> Und: »Mir gehört das größte Stück!«
> Aber ach, da kam Papa, der Schwan,
> Und das Geschrei hat ihm schlecht getan.

Und so weiter und so weiter ...

Kepler las es; las es in der Klasse vor, und noch in einigen anderen Klassen, und gab sich geschlagen.

Seit dieser Zeit hatte ich bei ihm einen Stein im Brett. Das Schwätzen ließ er gewähren, und ich bekam nie wieder eine Strafe.

P. S.: Daran merkt man, dass er ein netter Kerl war. Den Namen Fräulein Snaterbek habe ich also Herrn Kepler zu verdanken.

---

[13] *Snaterbek, wörtlich: Schnatterschnabel*

Paulas Flug

FRÜHER, als ich noch klein war, erzählte Pim[14] mir immer Geschichten von ›Der bösen Paula‹, es gab viele dieser Geschichten und ich war verrückt danach. Jetzt, wenn ich nachts bei Pim bin, fängt er manchmal wieder an, von Paula zu erzählen, und seine letzte Geschichte habe ich nun aufgeschrieben:

Kapitel I

Lange schon hatte es sich Paula in den Kopf gesetzt, einmal ein Flugzeug aus der Nähe zu begutachten. Ihr Vater arbeitete seit einiger Zeit auf einem Flugplatz in der Nähe von Berlin, wo er mit Paula und ihrer Mutter hingezogen war.

Eines schönen Tages, als es auf dem Flugplatz recht ruhig war, fasste sie sich ein Herz und kletterte in das erstbeste Flugzeug, das sie sah. In aller Ruhe schaute sie sich alles an und blieb schließlich interessiert vor dem Cockpit stehen. Sie wollte gerade die Hand an den Türdrücker legen, als sie zu ihrem Entsetzen draußen laute Stimmen hörte. Eilig kroch sie unter eine der Bänke und wartete zitternd darauf, was nun passieren würde.

Die Stimmen kamen näher und näher, und schon sah sie zwei Männer in das Flugzeug steigen, die überall herum gingen und fast gegen die Sitzbank stießen, unter der sie lag. Die beiden setzten sich zusammen auf eine Bank hinter ihr und unterhielten sich in so einem komischen Dialekt, dass Paula sie unmöglich verstehen konnte. Nach einer guten Viertelstunde standen sie auf. Einer der beiden ging weg, während sich der andere kurz in der Pilotenkabine einschloss und ganz und gar als Pilot gekleidet wieder herauskam. Jetzt kam auch der zweite,

---

[14] *Pim: Spitzname von Annes Vater Otto Frank*

zusammen mit sechs weiteren Männern in die Maschine, und zitternd hörte Paula, wie der Motor ansprang und die Propeller sich drehten.

Kapitel II

Da sie, trotz ihres Wagemuts, oft sehr furchtsam und ängstlich, und dann wieder unerwartet kühn war, konnte man nicht genau sagen, welcher dieser beiden Charakterzüge sich nun offenbaren würde.

Aber sie zeigte sich jetzt außergewöhnlich mutig, denn, als der Flug bereits eine Weile gedauert hatte, kam sie plötzlich unter der Bank heraus, stellte sich, zum grenzenlosen Erstaunen der Mannschaft, vor, und erklärte, wie sie hierher gekommen war.

Die Crew beratschlagte, was mit Paula geschehen sollte, und sie beschlossen, da ihnen ja nichts anderes übrig blieb, sie bei sich zu behalten. Sie hörte, dass sie nach Russland flögen, um die russische Front zu bombardieren. Seufzend legte sie sich auf eine Bank und schlief ein.

Peng, Bum, Peng ... sofort saß Paula aufrecht und starrte entsetzt die Mannschaft an. Aber keiner hatte Zeit, sich um sie zu kümmern, denn die Russen schossen heftig auf dieses feindliche Flugzeug. Mit einem Mal – Paula schrie, Bänke wackelten, Scheiben splitterten und ein paar Granaten flogen in die Maschine – ein Sturzflug, und der Bomber setzte zur Notlandung an.

Sofort kamen einige Russen und verpassten der ganzen Mannschaft Handschellen. Man kann sich gut vorstellen, wie perplex diese Fremden guckten, als auf einmal ein kleines Mädchen von etwa 13 Jahren vor ihnen stand. Die Deutschen und Russen konnten sich nicht verständigen, und so nahm ein junger Russe Paula an die Hand und sie gingen zusammen hinter der Mannschaft her zu einem Gefangenenlager. Der Chef des Lagers lachte aus vollem Herzen, als Paula so ungezwungen vor ihm stand; er wollte dieses kleine Mädchen nicht mit den anderen gefangen nehmen und beschloss, am nächsten Tag hinter der Front nachfragen zu lassen, ob sich dort vielleicht einfache Menschen fänden, die das Mädchen bis nach dem Kriege aufnehmen würden.

Kapitel III

Nachdem sie ungefähr eine Woche im Büro des Chefs geblieben war, wurde Paula eines regnerischen Morgens mitgenommen und ruckzuck in einen großen Wagen verfrachtet, mit dem man verwundete Soldaten zu den Hospitälern brachte. Fünf Stunden lang rüttelte und schüttelte der Wagen pausenlos über Pflastersteine, während starker Regen jede Aussicht nach draußen verhinderte. Die einsame Straße war ab und zu von einem Häuschen unterbrochen, aber all diese Unterkünfte schienen wie ausgestorben zu sein. Anfangs hörte man in der Ferne noch das andauernde Donnern der Kanonen, dann wurde es allmählich leiser und leiser und verging schließlich ganz und gar.

Mit einem Mal wurde es lebhafter auf der Straße, wir überholten einige andere Autos und dann hielt der Wagen vor einem weißen, von oben bis unten mit roten Kreuzen bemalten Haus. Die Verwundeten wurden aufgehoben und hineingetragen, wo freundliche Krankenschwestern sie empfingen.

Als alle draußen waren, fuhr der Fahrer wortlos weiter. Wieder verstrich eine ganze Stunde bis zum nächsten Halt. Hinter den Bäumen sah Paula einen recht großen Bauernhof auftauchen. Der Fahrer zeigte in die Richtung des Hauses und Paula begriff, dass sie aussteigen sollte. Draußen wartete sie, dass der Fahrer auch ausstieg, doch der Wagen fuhr weg, bevor sie wusste, wie ihr geschah – und sie stand allein auf der einsamen Straße. »Die Russen sind doch merkwürdige Leute; nun überlassen sie mich hier in diesem fremden Land ganz und gar meinem Schicksal. Ich bin mir sicher, dass die Deutschen in diesem Fall anders handeln würden!« dachte Paula bei sich selbst. (Man muss berücksichtigen, dass Paula ein deutsches Mädchen war.) Auf einmal erinnerte sie sich, dass der Fahrer mit seiner Hand auf das Haus gezeigt hatte. Also überquerte sie die Straße, machte das Tor auf und stand auf einer eingezäunten Weide. Vor dem Haus bemerkte sie eine Frau, die arbeitete und ein kleines Mädchen, das Wäsche aufhängte.

Mit ausgestreckter Hand ging sie auf die Frau zu und sagte nur »Paula Müller«. Die Frau blickte auf und gab ihr auch die Hand, nachdem sie sie an der durchnässten Schürze abgewischt hatte und sagte »justichijarreja kolowjna«. Paula dachte, dass dies ihr Name sei, aber es bedeutete einfach »willkommen hier«.

Kapitel IV

Frau Kantawoska (das war ihr Name) wohnte mit ihrem Mann und drei Kindern auf diesem Bauernhof. Außerdem waren noch ein Knecht und zwei Mägde da. Man hatte ihr vor drei Tagen Bescheid gegeben, dass wahrscheinlich in den nächsten Tagen ein Mädchen von ungefähr 13 Jahren kommen würde. Und sie würde dann von weiteren Einquartierungen verschont bleiben.

Frau Kantawoska war damit sehr einverstanden, und nun sah sie, dass das betreffende Mädchen eingetroffen war. Für die Kantawoskas war es sehr schwierig, Paula auch nur das Geringste beizubringen. Denn das Mädchen begriff beim besten Willen nicht, was die Leute ihr sagen wollten. In den ersten zwei Wochen fiel es ihr sehr schwer, das Essen zu schlucken, aber einem hungrigen Bauch schmeckt alles, und so gewöhnte sie sich daran; und tatsächlich begann sie kurz darauf nach dem Vorbild der anderen beim Nähen zu helfen.

So machte Paula weiter, und ein halbes Jahr später verstand sie schon ganz passabel russisch. Als noch einmal dieselbe Zeit verstrichen war, verstand sie schon fast alles und, auch wenn es ihr noch schwerfiel, brachte sie auch ab und zu schon selbst ein

Wort heraus. Von Paulas Ungezogenheiten merkten die Kantawoskas nichts, dafür war sie fraglos viel zu schlau; sich auch hier noch das Leben zu versauern, dazu hatte sie keine Lust. Sie tat ihre Arbeit, und weil sie gar nicht so tollpatschig war, wie sie zu Hause immer getan hatte, gehörte sie allmählich zur Familie.

Kapitel V

Zwei Jahre nach ihrer Ankunft bei den Kantawoskas machte man Paula den Vorschlag, russisch Lesen und Schreiben zu lernen.

Dieses Angebot nahm sie gerne an, und von nun an ging sie dreimal in der Woche mit einem Mädchen aus der Nachbarschaft zum Unterricht. Schnell machte sie Fortschritte und nach etwa 12 Wochen konnte sie russisch lesen. Zusammen mit dem Nachbarmädchen durfte sie auch tanzen lernen, und schon bald sah man sie abends in den Tanzlokalen Polkas und Mazurkas tanzen – für ein paar Groschen am Abend. Die Hälfte des Geldes, das sie an solchen Abenden verdiente, gab sie Mutter Kantawoska; die andere sparte sie, denn schon lange sann sie auf eine Gelegenheit, wieder aus diesem Land herauszukommen.

Der Krieg war inzwischen zu Ende gegangen, aber nie hatte sie etwas von ihren Eltern gehört.

Kapitel VI

Sie wurde jetzt 16 Jahre alt, hatte keine gute Ausbildung und es war ihr klar, dass sie für westliche Verhältnisse ziemlich ungebildet sein musste. Darum machte sie fleißig weiter mit Tanzen – und so dauerte es nicht lange, bis sie genug Geld beisammen hatte, um eine Fahrkarte von Minsk (in dieser Gegend befand sie sich) nach Warschau kaufen zu können. »Wenn ich nur erst in Warschau bin«, sagte sie sich, »werde ich vom Roten Kreuz bestimmt weiterbefördert.«

Gesagt, getan. Eines Morgens, als sie vermeintlich in der Schule war, packte sie ihre inzwischen angeschafften Habseligkeiten in einen Beutel und brannte durch.

Wie sie sich schon gedacht hatte, war es gar nicht so leicht, vom Bauernhof der Kantawoskas bis nach Minsk zu kommen. Eine Weile wurde sie zwar von einem Pferdekarren mit- genommen, aber es blieb doch noch ein Fußmarsch von vielen Stunden.

Als sie gegen Abend todmüde in Minsk ankam, ging sie sofort weiter zum Bahnhof und fragte nach der Zugverbindung nach Warschau. Zu ihrem großen Schrecken erfuhr sie, dass der nächste Zug erst am Morgen um 12 Uhr abfahren würde. Sie bat dringend darum, den Bahnhofsvorsteher sprechen zu können, und als dieser vor ihr stand, flehte sie ihn an, diese Nacht in der Bahnhofshalle verbringen zu dürfen. Er erlaubte es, und schon bald schlief sie dort vor Erschöpfung ein. Als der Morgen heraufzog, wachte sie mit steifen Gliedern auf und fragte sich erstaunt, wo sie war. Die Erinnerung kam jedoch nur allzu schnell wieder, denn ihr Magen knurrte unüberhörbar. An dieses Problem hatte Paula nicht gedacht. Am Tresen in der Halle stand ein nettes Mädchen, und nach Paulas ehrlichem Bericht schenkte sie ihr bereitwillig ein echtes russisches Brötchen. Mit der Kellnerin plaudernd verbrachte sie den Morgen, und um 12 Uhr bestieg sie völlig erholt und guten Mutes den Zug nach Warschau.

Kapitel VII

Dort angekommen, ging sie sofort zum Haus der Rot-Kreuz-Krankenschwestern, das der Bahnhofsvorsteher ihr genannt hatte. Dort musste sie länger bleiben als erwartet, denn keine der Krankenschwestern wusste etwas mit ihr anzufangen. Adressen von Organisationen oder ähnlichem, die nach Vermissten suchten, kannten sie nicht; und da Paula keinen roten Heller besaß, konnten die Krankenschwestern sie weder in den Zug setzen noch verhungern lassen. Nach einiger Zeit beschlossen die Schwestern, in Gottes Namen die Reise für das Mädchen X nach Berlin zu bezahlen, denn Paula hatte ihnen erklärt, wenn sie nur erst einmal in Berlin wäre, würde sie den Weg zum elterlichen Haus schon finden. Der Abschied von den Schwestern war herzlich, und wieder stieg Paula in den Zug. An der nächsten Station betrat ein netter junger Mann ihr Abteil, und schon bald war er mit dem koketten Mädchen in ein Gespräch vertieft. Die ganze Reise über sah man Paula in der Gesellschaft des gut aussehenden, jungen Soldaten, und als sie in Berlin ausstiegen, verabredeten sie, sich bald wieder zu treffen.

Paula ging schnell weiter und erreichte nach einer Weile das Haus ihrer Eltern, doch dort war alles leer und verlassen. Der Gedanke, dass ihre Eltern inzwischen vielleicht umgezogen sein könnten, war ihr nie gekommen. Was jetzt? Wieder ging sie zum Roten Kreuz und erzählte in ihrem gebrochenen Deutsch ihre Geschichte. Wieder wurde sie aufgenommen und versorgt, aber es war von Rechts wegen nicht möglich, sich dort länger als 14 Tage aufzuhalten.

Das Einzige, was sie über ihre Eltern in Erfahrung bringen konnte, war, dass ihre Mutter Berlin verlassen hatte, um anderswo eine Arbeit zu suchen, und dass ihr Vater im letzten Kriegsjahr eingezogen worden war und irgendwo verwundet in einem Hospital lag.

Schnell suchte sie sich eine Arbeit als Dienstmädchen, und als sie diese gefunden hatte, traf sie sich mit Erich, dem adretten jungen Mann, der ihr zu einem Engagement für drei Abende in der Woche bei einem Kabarett verhalf. So kamen ihr auch hier die russischen Tänze zustatten.

Kapitel VIII

Paula ging dieser Arbeit seit einiger Zeit nach, als eines Abends im Kabarett angekündigt wurde, in 14 Tagen würde eine große Tanzveranstaltung stattfinden, und zwar ausschließlich für die Soldaten, die auf dem Wege der Genesung waren und die vor kurzem aus den verschiedenen Hospitälern entlassen worden seien. Am Programm dieses großen Abends hatte Paula keinen geringen Anteil. Sie musste viel üben, und wenn sie abends spät nach Hause kam, war sie so erschöpft, dass sie morgens um 7 Uhr kaum aus den Federn kam. Ihr einziger Trost in dieser Zeit war Erich. Ihre Freundschaft hatte sich vertieft und Paula hätte tatsächlich nicht gewusst, was sie ohne ihn gemacht hätte. Als der besagte Abend kam, hatte Paula zum ersten Mal in ihrem Leben Lampenfieber. Sie fand es ein wenig unheimlich, nur vor Männern tanzen zu müssen. Es blieb ihr jedoch nichts anderes übrig, als diese Chance wahrzunehmen und ihr wichtigster Grund war, dass sie dann wenigstens wieder etwas Geld hätte.

Der Abend verlief wie geplant, und danach ging Paula sofort in den Saal, um schnell bei Erich zu sein. Plötzlich blieb sie wie angewurzelt stehen, denn nicht weit entfernt stand ihr eigener Vater, im Gespräch mit einem anderen Soldaten. Mit einem Freudenschrei rannte sie auf ihn zu und flog ihm um den Hals.

Der gealterte Mann blickte sie völlig verdutzt an, denn er hatte seine kleine Tochter nicht wiedererkannt – weder auf der Bühne noch jetzt. Sie musste sich ihm tatsächlich vorstellen!

Kapitel IX

Eine Woche später sah man Paula am Arm ihres Vaters in den Bahnhof von Frankfurt am Main einfahren. Ihre zutiefst gerührte Mutter, die bis zuletzt auf die Rückkehr der kleinen Tochter gehofft hatte, nahm sie in Empfang.

Scherzend fragte der Vater, nachdem sie auch ihrer Mutter die ganze Geschichte erzählt hatte, ob sie nicht vielleicht in das nächste Flugzeug steigen wolle, um nach Russland zurückzufliegen! (Um das zu verstehen muss man wissen, dass diese Geschichte im Krieg von 1914 bis 1918 spielt, unter der Bedingung, dass die Deutschen den Russlandfeldzug dauerhaft gewonnen hätten.)

Kaatje

KAATJE ist ein Mädchen aus der Nachbarschaft. Wenn ich bei schönem Wetter aus dem Fenster blicke, kann ich Kaatje im Garten spielen sehen.

Kaatje trägt sonntags einen weinroten Samtrock, und während der Woche einen aus Baumwolle. Sie hat flachsblondes Haar mit Zöpfchen, und helle blaue Augen. Kaatje hat eine liebe Mutter, aber keinen Vater mehr; Kaatjes Mutter ist Wäscherin, tagsüber ist sie öfters mal fort, um für andere Leute die Wohnungen sauber zu halten, und abends wäscht sie für ihr Viertel die Wäsche. Noch um elf Uhr abends klopft sie Teppiche und hängt Wäsche an die Leinen.

Kaatje hat sechs Brüder und Schwestern. Ein kleiner Rabauke ist auch dabei, der sich an die Röcke des elfjährigen Schwesterchens klammert, wenn Mutter »Schlafenszeit!« ruft.

Kaatje hat ein Kätzchen, das schwarz wie ein Mohr ist; Kaatje sorgt gut für ihr Kätzchen; jeden Abend, kurz vor dem Schlafengehen, hört man sie »Pus, pus, pus, Kaa-tje, Kaa-tje« rufen. Daher auch der Name Kaatje – das Mädchen heißt vielleicht gar nicht Kaatje, sieht aber ganz danach aus.

Kaatje hat auch zwei Kaninchen, ein weißes und ein braunes. Hopp ... hopp, hüpfen sie im Gras hin und her, unten an dem Treppchen, das zu Kaatjes Wohnung führt.

Manchmal kann Kaatje auch ungezogen sein, so wie andere Kinder – und das meistens, wenn es Streit mit ihren Brüdern gibt. Oh, wie kann die Kaatje da böse werden; schlagen, treten und beißen kann sie bestimmt nicht schlecht. Die Brüder haben großen Respekt vor ihrer kräftigen Schwester.

»Einkaufen gehen, Kaatje!« ruft die Mutter. Kaatje hält sich schnell die Ohren zu, um gleich darauf ehrlich sagen zu können, sie hätte Mutter nicht gehört. Das Einkaufen ist Kaatje sehr zuwider. Aber eine Lüge ist ihr das Einkaufen dann doch nicht wert; Kaatje lügt nicht, das sieht man an den blauen Äuglein sofort.

Ein Bruder von Kaatje ist schon sechzehn Jahre alt und hat eine Stelle als Lehrling. Dieser Bruder spielt gern den Herrn, wie ein Vater über seine Kinder, Kaatje wagt Piet nicht zu widersprechen, denn Piet ist derb, und Kaatje weiß recht gut, dass, wenn man ihm gehorcht, auch mal etwas Süßes abfällt. Kaatje nascht gern und die anderen Schwestern auch.

Sonntags, wenn die Kirche ›bim-bam, bim-bam‹ läutet, geht Kaatjes Mutter mit all den Brüdern und Schwestern in die Kirche. Dann betet Kaatje für ihren lieben Vater, der im Himmel ist, und auch für ihre Mutter, dass sie noch lange leben möge. Nach der Kirche gehen sie alle mit der Mutter spazieren. Das findet Kaatje so schön; durch den Park und ab und zu auch zum Artis, dem Amsterdamer Zoo; aber bis dahin dauert es noch ein paar Monate, das wird erst im September sein, wenn der Einritt nur noch einen Viertelgulden kostet. Dann, oder wenn Kaatje Geburtstag hat, darf sie sich so einen Ausflug als Geschenk wünschen. Für andere Geschenke hat Kaatjes Mutter kein Geld übrig.

Kaatje tröstet ihre Mutter oft, denn abends, wenn sie schwer gearbeitet hat und müde ist, sitzt sie da und weint; und Kaatje verspricht dann, ihr eines Tages alles zu geben, was sie gern hätte – wenn sie nur selbst erst einmal groß wäre.

Groß würde Kaatje ja schon recht bald sein, dann verdient sie Geld und kann schöne Kleider kaufen, und auch den Schwestern Süßigkeiten geben, ebenso wie Piet. Aber bis es soweit ist, muss Kaatje noch viel lernen und lange zur Schule gehen. Mutter möchte, dass sie noch die Haushaltsschule besucht, aber dazu hat Kaatje überhaupt keine Lust; sie möchte nicht als Dienstmädchen arbeiten, sie möchte in die Fabrik, so wie die vielen Mädchen, die jeden Tag vorüber gehen; in der Fabrik ist sie nicht allein, und dort kann man gemütlich plaudern, das tut Kaatje doch so gerne. In der Schule muss sie manchmal in der Ecke stehen, weil sie wieder einmal ihren Mund nicht halten konnte; ansonsten ist sie aber eine gute Schülerin.

Kaatje mag auch ihre Lehrerin sehr, die ist meistens lieb und sehr, sehr klug. Wie schwer muss es sein, wenn man so klug ist! Aber mit weniger geht es auch; Kaatjes Mutter sagt immer, dass sie, wenn sie zu gescheit wird, keinen Mann mehr findet, und das fände Kaatje sehr schlimm. Später möchte sie doch süße Kinder haben, aber nicht solche Kinder, wie ihre Brüder und Schwestern es sind. Kaatjes Kinder sollen artiger und auch viel schöner sein. Sie sollen schöne braunes Locken haben und nicht solches Flachshaar, das ist nicht vornehm; auch keine Sommersprossen, denn die findet sie bei sich selbst massenweise. Kaatje möchte auch nicht so viele Kinder haben wie ihre Mutter, zwei oder drei, das wäre genug. Aber ja, das dauert noch so schrecklich lange, wohl noch einmal so lange wie ihr bisheriges Leben.

»Kaatje«, ruft die Mutter, »komm her, schlimmes Mädchen, wo hast du gesteckt? Ab ins Bett mit dir, du hast wieder geträumt!«

Kaatje seufzt, sie hat gerade so schöne Zukunftspläne gemacht.

Pensionsgäste oder Untermieter

[Freitag, 15. Oktober 1943]

ALS WIR UNS ENTSCHLIEßEN MUSSTEN, unser großes Zimmer zu vermieten, dauerte es noch eine Weile unseren Stolz zu überwinden, denn wer von uns war schon an einen fremden Mieter im Haus gewöhnt?

Aber wenn Not am Mann ist und das Vermieten bittere Notwendigkeit wird, muss man es schaffen, sich über seinen Stolz und noch vieles andere hinwegzusetzen. Und das haben wir schließlich getan. Das große Schlafzimmer wurde leer geräumt und neu eingerichtet mit einigen Möbeln, die wir noch übrig hatten; die waren jedoch viel zu wenige für ein schickes Wohn- und Schlafzimmer. Also ... zog mein Vater los, stöberte bei allen Auktionen und Versteigerungen hier und da herum und kam an einem Tag mit diesen, am anderen mit jenen kleinen Gegenständen nach Haus.

Nach rund drei Wochen hatten wir zwar ein schönes Papierkörbchen und einen zauberhaften Teetisch, aber zwei Sessel und ein ordentlicher Schrank fehlten immer noch.

Erneut ging mein Vater los und nahm diesmal mich als besondere Attraktion mit. Bei der Auktion angekommen, setzten wir uns zwischen ein paar aufgedrehte Einkäufer und unangenehme Kerle auf Holzbänke und warteten, warteten, warteten.

Wir hätten bis zum nächsten Tag warten können, denn an diesem Tag wurde nur Porzellan versteigert! Enttäuscht zogen wir ab, um am nächsten Tag, nicht gerade hoffnungsvoll, einen neuen Versuch zu wagen. Doch ... diesmal hatten wir mehr Glück, und mein Vater ergatterte tatsächlich einen schönen Eichenschrank samt zwei ledernen Klubsesseln. Um uns selber für die neuen Sachen und die Hoffnung auf baldige Mieter zu belohnen, verwöhnten wir uns mit einer Tasse Tee und einem Stück Torte, und gingen dann fröhlich zurück nach Hause.

Aber, ach du liebe Zeit, als der Schrank und die Sessel am nächsten Tag gebracht und im Zimmer aufgestellt waren, entdeckte meine Mutter im Schrank so merkwürdige Löcher, und in der Tat, der Schrank war voller Holzwürmer. Solche Sachen stehen weder auf dem Verkaufszettel, noch kann man sie in einem dunklen Auktionshaus erkennen.

Als wir das entdeckt hatten, nahmen wir auch die Sessel schnell unter die Lupe – und jawohl, da hausten auch solche Tierchen.

Das Auktionshaus wurde angerufen und gebeten, die Sachen schnellstens wieder abzuholen. Das geschah, und meine Mutter gab einen Seufzer der Erleichterung von sich, als die Auktionsmöbel endlich wieder aus der Tür waren. Mein Vater seufzte auch, aber wegen des Geldes, das er bei dieser Angelegenheit vertan hatte.

Ein paar Tage später traf mein Vater einen Bekannten, der noch einige Möbel zu Hause rumstehen hatte, und die er uns gerne überlassen wollte, bis wir etwas Besseres hatten. Diese Sache war also endlich erledigt.

(Zu dumm, hier musste ich mit Schreiben aufhören, denn wie bekannt, habe ich meinen Füllfederhalter versehentlich in den Ofen geworfen, und muss also nun mit einem anderen Stift weiter schreiben.) *[Anne erzählt diese Episode in ihrem Tagebuch; red.]*

Wir machten uns nun daran, eine ordentliche Schaukastenanzeige im Buchladen an der Ecke zu buchen, die wir für eine Woche bezahlen wollten.

Schon bald kamen Leute, um das Zimmer zu besichtigen.

Zuerst ein alter Herr, der ein Zimmer für seinen ledigen Sohn suchte. Alles war schon fast alles perfekt, da begann der Sohn, auch ein Wörtchen mitzureden und gab so komische Dinge von sich, dass meine Mutter ernsthaft an seinem Verstand zu zweifeln begann – und das keineswegs zu Unrecht, denn der alte Herr gab beklommen zu, dass sein Sohn ein klein wenig verrückt sei. Meine Mutter zeigte den beiden so schnell wie möglich die Tür. Dutzende von Menschen kamen und gingen, bis sich eines Tages ein kleiner dicker Herr mittleren Alters anmeldete, der bezahlen wollte, aber dafür geringe Ansprüche hatte, und dieser wurde genommen. Mit diesem Herrn hatten wir wirklich mehr Freude als Unannehmlichkeiten. Sonntags brachte er für die Kinder Schokolade und für die Erwachsenen Zigaretten mit, und er nahm uns alle öfters mit ins Kino. Nachdem er 1 ½ Jahre bei uns gewohnt hatte, nahm er sich mit seiner Mutter und Schwester eine eigene Wohnung. Als er uns später einmal besuchte, sagte er, dass er auf jeden Fall noch nie so eine schöne Zeit gehabt hätte wie bei uns.

Wieder wurde eine Anzeige in den Schaukasten gehängt und wieder klingelten kleine und große, junge und alte Menschen. U. a. kam auch eine recht junge Dame mit einem Hut wie von der ›Heilsarmee‹, und darum tauften wir sie auch gleich ›Josephine von der Heilsarmee‹. Sie wurde genommen, war aber keine so angenehme Mitbewohnerin wie der dicke Herr. Erstens war sie schrecklich unordentlich, ließ überall alles herumliegen und zweitens, und das war das Schlimmere, hatte sie einen Verlobten, der sich öfters mal betrank, und das war weniger angenehm für uns. So schreckte uns z. B. eines Nachts die Klingel auf, mein Vater schaute nach und stand dem stockbetrunkenen Kerl gegenüber, der ihm auf die Schulter klopfte und ständig wiederholte: »Wir sind gute Freunde! Ja, wir sind gute Freunde!« Peng ... wurde ihm die Tür vor der Nase zugeschlagen.

Als im Mai 1940 der Krieg ausbrach, kündigten wir ihr das Zimmer und vermieteten es an einen Bekannten, einen jungen Mann von ungefähr 30 Jahren, der verlobt war.

Dieser Mann war zwar nett, hatte aber auch eine Macke: er war furchtbar verwöhnt. Einmal, an kalten Wintertagen, als wir alle schon sparsam mit dem Strom sein mussten, klagte er Stein und Bein, dass es so kalt sei. Das war nun schändlich übertrieben, denn in seinem Zimmer war die Heizung am wärmsten.

Aber Mietern muss man ein bisschen entgegenkommen, darum erlaubten wir ihm, seinen elektrischen Ofen dann und wann für eine Stunde einzuschalten, doch was war die Folge? Den ganzen Tag über stand sein Ofen auf ›heiß‹. Alles Flehen und Bitten, doch ein wenig sparsamer zu sein, half nicht. Der Stromzähler schnellte erschreckend nach oben, und eines schönen Tages drehte meine wackere Mutter die Sicherung heraus und ließ sich den ganzen Nachmittag nicht zu Hause blicken. Schuld sei sein Ofen, angeblich spielte die Sicherung da nicht mehr mit, und der junge Mann musste im Kalten sitzen.

Nichtsdestoweniger war er auch 1 ½ Jahre bei uns, dann zog er aus und heiratete.

Wieder stand das Zimmer leer und meine Mutter wollte gerade eine Anzeige aufgeben, da rief eine Bekannte an und drängte uns einen geschiedenen Mann auf, der dringend ein Zimmer brauchte. Er war ein langer Kerl, 35 Jahre alt, mit Brille und einem unsympathischen Äußeren. Wir wollten die Bekannte nicht enttäuschen und vermieteten dem Mann das Zimmer. Auch er war verlobt und das Mädchen kam häufig zu uns; die Hochzeit rückte schon näher, als er Streit mir ihr bekam und Hals über Kopf eine andere heiratete.

Zu dieser Zeit zogen wir um und waren (hoffentlich für immer) die Mieter los!

Filmstar-Illusionen

[24. Dezember 1943]

(Dies aus Anlass der ewigen Fragen von Frau van Daan, warum ich nicht Filmstar werden möchte.)

ICH WAR SIEBZEHN JAHRE ALT, ein hübsches junges Mädchen mit einem Gestrüpp schwarzer Haare und lustigen Augen, mit ach so vielen Idealen und Illusionen. Irgendwie würde es geschehen, dass einmal jeder meinen Namen kennen würde, und ich wäre in den Alben vieler schwärmerischer Teenager zu finden. Wie ich eigentlich diese Berühmtheit erlangen und welcher Art sie sein würde, kümmerte mich nicht besonders. Im Alter von vierzehn Jahren hatte ich gedacht: später; und mit Siebzehn dachte ich das immer noch. Meine Eltern ahnten kaum etwas von diesen Plänen, und ich war klug genug, sie für mich zu behalten, denn es schien mir, dass, wenn ich die Chance bekäme, berühmt zu werden, meine Eltern nicht viel dafür übrig hätten und ich besser daran täte, erst alles alleine zu probieren. Man muss nicht denken, dass diese Illusionen allzu ernst gemeint waren, und niemand muss glauben, dass meine Gedanken nur um diese Berühmtheit kreisten; im Gegenteil, ich war stets eine fleißige Arbeiterin und schnüffelte in sehr vielen Büchern, einfach so, zu meinem Vergnügen. Mit fünfzehn Jahren machte ich mein dreijähriges Abschlussexamen an der Oberschule, und jetzt saß ich vormittags in einer Sprachenschule, und nachmittags machte ich meine Hausaufgaben und spielte Tennis.

Eines Tages (es war im Herbst) saß ich zu Hause und räumte gerade meinen Rumpelschrank auf, als mir zwischen Schachteln und Döschen plötzlich ein Schuhkarton in die Hände fiel, auf dem mit großen Buchstaben ›Filmstars‹ stand. Ich erinnerte mich sofort, dass diese Schachtel eigentlich auf Wunsch meiner Eltern schon lange hätte weggeworfen werden sollen, und ich hatte sie sicherlich so weit nach hinten geräumt, damit sie niemand findet. Neugierig nahm ich den Deckel ab und begann die Gummibänder, die ordentlich die verschiedenen Päckchen zusammenhielten, zu lösen. Einmal in das Betrachten dieser geschminkten Gesichter vertieft, konnte ich nicht mehr aufhören; deshalb erschrak ich heftig, als zwei Stunden später jemand meine Schulter berührte, und ich, auf dem Boden sitzend, umzingelt von einem Berg von Papieren und Schachteln, aufblickte. So viele waren es, dass ich fast nicht darüber hinweg steigen konnte, um zum Teetrinken zu kommen.

Später stellte ich die Filmstar-Schachtel zur Seite und räumte zuerst mal den ganzen anderen Plunder auf; abends setzte ich meine Betrachtungen weiter fort und fand etwas, das mich eine Weile beschäftigte. Es war ein Kuvert, das ein ganzes Bündel großer und kleinerer Fotos, besonders von einer Filmstarfamilie ›Lane‹, enthielt, und ich las, dass drei der Töchter Filmstars waren. Die Adresse dieser Mädchen stand auch dabei, und ... ich nahm Papier und Feder und begann, auf englisch einen Brief an das jüngste der Mädchen, Priscilla Lane, aufzusetzen.

Ohne dass irgendjemand davon wusste, schickte ich meinen Brief ab, in dem stand, dass ich so gerne Fotos von Priscilla und ihren Schwestern hätte; und ob sie mir nicht einmal antworten könnte, da ich mich so sehr für sie und ihre ganze Familie interessiere.

Über zwei Monate wartete ich, und auch wenn ich es mir selbst nicht eingestehen wollte, so hatte ich doch eigentlich die Hoffnung, jemals Antwort auf meinen Brief zu erhalten, aufgegeben. Es war auch nicht sehr verwunderlich, denn wenn die Mädchen Lane allen ihren Verehrern und Verehrerinnen eine ausführliche Antwort schreiben und jedem Fotos schicken würden, konnte man sich vorstellen, dass sie sich nach einigen Wochen nur noch mit diesen Briefwechseln beschäftigen mussten.

Aber ... gerade als ich es nicht mehr erwartete, übergab mir mein Vater eines Morgens ein Kuvert, adressiert an Fräulein

Anne Franklin, das ich hastig aufriss. Meine Hausgenossen waren sehr neugierig, was dies wohl sein konnte, und nachdem ich ihnen von meinem Brief erzählt hatte, las ich die Antwort vor.

Priscilla schrieb in etwa, dass sie kein Foto schicken könne, bevor sie mehr über mich wisse, aber dass sie geneigt sei, mir wieder zu antworten, wenn ich etwas mehr über mich selbst und meine Familie erzählte. Ich antwortete Priscilla wahrheitsgetreu, dass es mir nicht so sehr um ihre Filmtalente als vielmehr um ihre Person gehe. Ich wollte wissen, ob sie abends viel ausgehe, ob Rosemary auch so viel wie sie selbst filme, und so weiter und so weiter. Später erlaubte sie mir, sie bei ihrem Rufnamen Pat zu nennen. Priscilla schien von meiner Art zu schreiben so eingenommen, dass sie – wie sie selbst sagte –, mir gerne und ausführlich antwortete.

Der folgende Briefwechsel wurde auf englisch geführt, und so konnten meine Eltern schwerlich etwas dagegen einwenden, denn dies war sicher eine gute Übung für mich. Priscilla erzählte in ihren folgenden Briefen, dass sie die meisten Tage in den Studios verbringe, und wie sie ihre Tage einteile. Meine englischen Briefe schickte sie mir korrigiert zurück, ich musste sie ihr aber dann wiedergeben. Inzwischen hatte sie mir auch eine Menge Fotos geschickt.

Priscilla war weder verheiratet noch verlobt, obwohl sie sicherlich schon achtundzwanzig Jahre alt war; das störte mich aber gar nicht, und ich war ungeheuer stolz auf meine Filmstar-Freundin.

So verging der Winter, und als es schon mitten im Frühjahr war, kam eines Tages ein Brief von den Lanes, in dem Priscilla fragte, ob ich es nicht nett fände, im Sommer mit dem Flugzeug zu ihr zu kommen, um dort zwei Monate zu verbringen. Ich sprang vor Freude fast bis an die Decke, jedoch hatte ich nicht mit den vielen Bedenken meiner Eltern gerechnet. Ich könnte doch nicht allein nach Amerika reisen, ich könnte die

Einladung nicht annehmen, ich hätte nicht genug Kleider, ich könnte nicht so lange wegbleiben, und all die übrigen Bedenken, die besorgte Eltern bei ihren Sprösslingen haben. Aber ich hatte es mir nun einmal in den Kopf gesetzt, nach Amerika zu fliegen, und nun würde ich es auch tun.

All diese Einwände ließ ich Priscilla wissen, und sie wies alle zurück. Vor allem bräuchte ich nicht alleine zu reisen, denn Priscillas Gesellschafterin würde vier Wochen nach Den Haag zu ihrer Familie gehen und könnte mich dann mitnehmen. Für die Rückreise würde sich dann wohl auch noch irgendeine Begleitung finden.

Natürlich würde ich sehr viel von Kalifornien sehen, aber meine Eltern hatten immer noch Einwände, denn sie kannten halt diese Familie nicht, und vielleicht würde ich mich dort gar nicht wohlfühlen ...

Ich war wütend, denn es kam mir gerade so vor, als würden sie mir dieses unerwartete Vergnügen nicht gönnen. Priscilla war doch immer fabelhaft nett und aufmerksam zu mir gewesen; aber nach einem sehr persönlichen Brief von Frau Lane nahm die Nörgelei ein Ende, und die Sache war entschieden.

In den Monaten Mai und Juni arbeitete ich noch hart, und als Priscilla schrieb, dass ihr Fräulein am 18. Juli in Amsterdam eintreffen würde, wurde es mit den Vorbereitungen für die große Reise ernst.

Am Achtzehnten gingen Vater und ich zum Bahnhof, um die Dame abzuholen. Priscilla hatte mir ein Foto von ihr geschickt, und unter den vielen Reisenden erkannte ich sie schnell. Miss Kalwood war eine kleine, graublonde Dame, die viel und schnell sprach, die aber sehr sympathisch und lieb wirkte.

Vater, der früher in Amerika gewesen war und sehr gut englisch sprach, unterhielt sich mit Miss Kalwood, und ich warf ab und zu ein Wort ein.

Wir hatten ausgemacht, dass das Fräulein zunächst eine Woche bei uns bleiben sollte, bevor wir zusammen wegfuhren. Diese Woche ging schnell genug vorüber – schon nach einem Tag war ich sehr gut mit dem kleinen Fräulein befreundet. Am 25. Juli war ich so aufgeregt, dass ich beim Frühstück keinen Bissen herunterbrachte. Miss Kalwood war dagegen nicht im Geringsten nervös, denn natürlich, sie hatte die Reise ja schon einmal gemacht.

Die ganze Familie gab uns das Geleit nach Schiphol[15], und endlich — endlich begann meine Reise nach Amerika.

Wir waren ungefähr fünf Tage unterwegs und kamen am Abend des fünften Tages in der Nähe von Hollywood an. Priscilla und ihre um ein Jahr ältere Schwester Rosemary holten uns ab, und da ich müde von der Reise war, fuhren wir schnell mit dem Auto in ein Hotel in der Nähe des Flughafens. Am nächsten Morgen frühstückten wir gemütlich, stiegen dann wieder ins Auto, und Rosemary selbst war am Steuer.

Nach etwa drei Stunden Fahrt kamen wir am Haus der Lanes an, und ich wurde dort herzlich in Empfang genommen. Frau Lane zeigte mir gleich ein reizendes Zimmerchen mit Balkon, das nun zwei Monate lang mir gehören sollte.

In dem gastlichen Lane-House, in dem so viel Trubel und Vergnügen herrschte, musste sich jeder zu Hause fühlen. – Dort, wo man bei jedem Schritt über alle möglichen Katzen fiel, wo die drei berühmten Stars ihrer Mutter viel mehr zur Hand gingen, als ich als einfacher Backfisch zu Hause, und wo es schrecklich viel zu sehen gab. Das Englischsprechen ging auch schnell, vor allem weil es mir nicht ganz fremd war.

Priscilla hatte die ersten zwei Wochen meiner amerikanischen Ferien frei und zeigte mir viel von der Umgebung. Fast jeden Tag gingen wir an den Strand, wo ich nach und nach Menschen kennenlernte, von denen ich früher schon oft gelesen hatte.

---

[15] *Schiphol: Der Flughafen von Amsterdam*

Eine ganz besonders gute Freundin von Priscilla war Madge Bellamy, die uns dann auch oft auf unseren Fahrten begleitete.

Keiner von Priscillas Freunden würde je vermutet haben, dass sie soviel älter war als ich. Wir gingen ganz selbstverständlich wie Freundinnen miteinander um. Als die ersten vierzehn Tage vergangen waren, musste Priscilla wieder zum Studio der Warner Bros. und, wie großartig, ich durfte mit. Ich ging mit in ihre Garderobe und war auch dabei, als Probeaufnahmen von Priscilla gemacht wurden.

An diesem ersten Tag war sie schnell fertig und nahm mich mit, um das ganze Studio zu sehen.

»Hey Anne«, sagte sie plötzlich, »ich habe eine toll Idee. Du gehst morgen früh einmal in eines jener Büros, in denen sich alle schönen Mädchen bewerben, und fragst, ob sie dich nicht für irgendwas brauchen können, natürlich nur zum Spaß!«

»O ja, das wär was!« antwortete ich, und tatsächlich ging ich am nächsten Tag in eines dieser Büros. Dort war es schrecklich voll, und die Mädchen, die sich auch vorstellen wollten, standen vor der Tür Schlange. Ich schloss mich ihnen an, und nach einer halben Stunde rief man mich hinein; obwohl ich nun drinnen war, war ich noch längst nicht dran. Noch rund fünfundzwanzig Mädchen waren vor mir. Wieder wartete ich, und nach einer oder zwei Stunden kam ich an die Reihe.

Eine Klingel ertönte, und ich ging mutig in den Raum, in dem hinter einem Schreibtisch ein Herr mittleren Alters saß. Er begrüßte mich ziemlich kurz, fragte nach Namen und Adresse und war sehr verblüfft, als er hörte, dass ich bei den Lanes wohnte. Als er mit allen Fragen durch war, sah er mich nochmal eindringlich an und fragte: »Wollen Sie wirklich Filmstar werden?

»Wenn ich mich dazu eigne, sehr gerne, Sir«, antwortete ich.

Dann drückte er eine Klingel, und sofort kam ein schick gekleidetes junges Mädchen herein, das mir bedeutete, ihm zu folgen. Sie öffnete eine Tür, und musste einen Moment blinzeln, denn das Licht in diesem Zimmer war blendend und grell.

Ein junger Mann hinter einem komplizierten Apparat begrüßte mich freundlicher als der ältere Herr dort draußen, und platzierte mich auf einem hohen Hocker. Er machte einige Aufnahmen, läutete dann dem Mädchen, und ich wurde wieder zu dem ›Alten‹ zurückgeführt. Dieser versprach mich zu benachrichtigen, ob ich wiederkommen solle oder nicht. Froh ging ich zurück zum Lane-House wieder heim.

Eine Woche war vergangen, bevor ich Nachricht von Herrn Harwich (Priscilla hatte mir seinen Namen genannt) bekam. Er schrieb, dass die Aufnahmen sehr gut gelungen seien; ich könne am nächsten Tag um drei Uhr zu ihm kommen. Nun, da ich einen Termin hatte, musste ich nicht lange warten. Herr Harwich fragte mich, ob ich für einen Tennisschläger-Fabrikanten Reklamemodell sein wollte. Das sollte nur eine Woche dauern. Nachdem ich das Honorar erfahren hatte, stimmte ich zu. Der Fabrikant wurde angerufen, und noch am selben Nachmittag lernte ich ihn kennen.

Am nächsten Tag ging ich zu einem Foto-Studio, wohin ich nun eine Woche lang jeden Tag kommen sollte. Ich musste mich blitzschnell umziehen, musste stehen und sitzen, immer nur lächeln, hin und her gehen, mich wieder umziehen, lieb aussehen und überschminken. Abends war ich todmüde und schleppte mich ins Bett.

Nach drei Tagen konnte ich fast nicht mehr lächeln, aber ja, die Verabredung mit dem Fabrikanten musste ich doch einhalten. Als ich am Abend des vierten Tages zu den Lanes kam, war ich so bleich, dass Frau Lane mir verbot, noch einmal Modell zu stehen. Sie rief selbst den Mann an und löste die Abmachung auf.

In meinem Herzen war ich ihr dafür sehr dankbar.

Nun genoss ich weiter ungestört meine Ferien und war für immer von allen Star-Illusionen geheilt, denn jetzt hatte ich das Leben der Berühmtheiten einmal aus der Nähe kennengelernt.

Katrientje

[12. Februar 1944. Die erste kleine Geschichte im Jahr 1944]

KATRIENTJE saß auf einem großen Stein, der vor dem Bauernhof in der Sonne lag. Sie dachte nach, sie dachte sehr konzentriert nach. Katrientje war eines jener stillen Mädchen, die ... *[hier fehlt ein Wort im Originalmanuskript; red.]* ... geworden sind in späteren Jahren, weil sie immer grübelten. Woran das Mädchen in ihrer Bauernschürze dachte, wusste nur sie allein; niemals würde sie ihre Gedanken jemandem anvertrauen, dazu war sie viel zu still und verschlossen. Freundinnen hatte sie jetzt nicht und würde sie wahrscheinlich auch in der Zukunft nicht so leicht bekommen; ihre Mutter fand sie merkwürdig, und leider fühlte sie das. Ihr Vater, der Bauer, hatte zu viel zu tun, um sich um seine einzige Tochter Sorgen zu machen. So war Trientje denn auf sich allein gestellt. Dass sie immer alleine war, störte sie nicht weiter; sie kannte es nicht anders und war schnell zufrieden.

An diesem warmen Sommermorgen seufzte sie jedoch tief, als sie aufschaute und ihren Blick über die Kornfelder schweifen ließ. Wie schön müsste es doch sein, jetzt bei den Mädchen dort drüben mitzuspielen. Sieh, wie sie tollen und lachen, was hatten die doch für einen Spaß.

Jetzt kamen die Mädchen näher, immer näher, würden sie zu ihr heran kommen? Oh, wie schrecklich, sieh, wie sie sie auslachen, nun hörte sie auch deutlich ihren Namen nennen, ihren Spitznamen, den sie so schrecklich hasste, den sie aber immer wieder leise hinter ihrem Rücken hörte — Trödel-Trientje. Oh, wie elend fühlte sie sich. Könnte sie nur ins Haus gehen, aber dann würden die Kinder sie noch mehr auslachen.

Armes Mädchen, es wird sicher nicht das erste Mal in deinem Leben sein, dass du dir so verlassen vorkommst und du andere Mädchen so beneidest.

»Trientje, Trien, hereinkommen, wir essen!« Noch ein tiefer Seufzer, und das Mädchen stand langsam auf und folgte dem Ruf seiner Mutter.

»Was für ein fröhliches Gesicht unsere Tochter wieder macht, was haben wir doch für ein frohes Mädchen«, rief die Bäuerin, als das Kind noch langsamer und trauriger als sonst in das Zimmer schlich.

»Kannst du nicht einmal etwas sagen?« fuhr die Frau sie an. Ihr Ton war unfreundlicher, als sie wohl selbst glaubte, aber ihre Tochter entsprach nun einmal so wenig ihrem Wunsch, ein fröhliches, lebenslustiges Mädchen zu haben.

»Ja, Mutter«, kam es fast unhörbar.

»Du bist mir eine, den ganzen Morgen wegbleiben und nichts tun. Wo hast du gesteckt?

»Draußen«; Trientje kam es vor, als schnürte es ihr die Kehle zu, aber die Mutter fasste die Verlegenheit des Kindes falsch auf und fragte nun erst recht neugierig, was ihre Tochter wohl den ganzen Morgen über gemacht haben könnte:

»Gib doch einmal eine richtige Antwort, ich will jetzt wissen, wo du herkommst, hörst du? Immer diese Trödelei, das kann ich nicht ausstehen!«

Bei dem Wort, das auf ihren verhassten Spitznamen anspielte, konnte Katrientje nicht mehr an sich halten und brach in heftiges Schluchzen aus.

»Was ist denn jetzt wieder, wie zimperlich bist du denn, du kannst doch sagen, wo du gewesen bist, oder ist das vielleicht ein Geheimnis?«

Das arme Kind konnte unmöglich eine Antwort geben; heftiges Schluchzen hinderte es am Sprechen. Plötzlich stand sie auf, stieß ihren Stuhl um und lief weinend aus dem Zimmer, auf den Dachboden, wo sie sich in einer Ecke auf einige Säcke fallen ließ und leise weiter heulte. Achselzuckend räumte die Mutter unten den Tisch ab, dieses Benehmen ihres Kindes erstaunte sie gar nicht besonders, so eine ›Verrücktheit‹ kam öfters vor; sie würde das Mädchen in Ruhe lassen, es war ja doch nichts aus ihr herauszubekommen, und die ewigen Tränen flossen so schrecklich leicht; konnte sich so eine zwölfjährige Bauerntochter benehmen?

Auf dem Dachboden beruhigte sich Trien und dachte wieder nach. Sie würde jetzt gleich nach unten gehen und ihrer Mutter sagen, dass sie bloß auf dem Stein gesessen hatte, und sie würde ihr anbieten, alle Arbeit heute Nachmittag nachzuholen. Ihre Mutter würde dann doch erkennen, dass sie gar nichts gegen viel Arbeit hätte, und wenn sie sie fragte, warum sie den ganzen Morgen nur still da gesessen sei, dann würde sie ihr erklären, dass sie sehr tief über etwas nachdenken musste. Wenn sie dann abends die Eier auszutragen hätte, dann würde sie für Mutter im Dorf einen neuen Fingerhut kaufen, so einen schönen silbernen, der glänzte; Geld dafür hatte sie noch. Mutter würde dann sehen, dass sie doch gar nicht so nachlässig war. Ihre Gedanken verweilten einen Augenblick – ja, wie könnte sie nur diesen ekelhaften Namen loswerden, o warte, sie wusste es schon: Für das Geld, das sie von dem Fingerhut vielleicht übrig hatte, würde sie eine große Tüte ›Snaapjes‹ (so hießen bei den Bauernkindern diese roten, klebrige Schleckereien) kaufen, und die würde sie, wenn sie Morgen früh zur Schule ging, unter all die Mädchen verteilen; dann würden diese sie nett finden und anbieten, einmal zusammen zu spielen, und dann würden sie sehr bald erkennen, dass sie das auch sehr gut konnte, und niemand mehr würde sie Trödel-Trientje nennen.

Noch ein wenig zögernd stand sie auf und ging sachte die Dachbodentreppe hinab. Als sie im Gang der Bäuerin begegnete und diese sie fragte: »Sind deine Launen wieder vorbei?« fehlte ihr der Mut, noch etwas über ihre morgendlichen Trödelei zu sagen, und sie lief schnell weiter, um die Fenster noch vor dem Abend fertig zu putzen.

Als die Sonne schon fast unterging, nahm Trientje den Eierkorb in den Arm und machte sich flink auf den Weg. Nachdem sie eine halbe Stunde gelaufen war, kam sie zu der ersten Kundin, die schon mit einer Porzellanschale an der Tür stand.

»Zehn Eier hätte ich gerne von dir, Kind«, sagte die Frau freundlich. Trien zählte sie ab und ging mit einem Gruß weiter; nach einer Dreiviertelstunde war der Korb leer, und Trien betrat ein Lädchen, von dem sie wusste, dass man dort alles kaufen konnte. Ein schöner Fingerhut und eine Tüte Bonbons landeten in dem Korb, und nun ging sie zurück nach Hause. Auf halbem Wege sah sie in der Ferne zwei von den Mädchen kommen, die sie am Morgen so verspottet hatten. Sie überwand mutig den Drang sich zu verstecken und setzte mit klopfendem Herzen ihren Weg fort.

»He, da ist ja dieses Trödeltrientje, das verrückte Trödel-Trientje!«

Trien verlor ihren ganzen Mut. Ratlos, was sie jetzt noch tun könnte, nahm sie die Tüte mit den Schleckereien aus dem Korb und hielt sie den Kindern hin. Mit einem schnellen Griff packte eines der Mädchen die Tüte und rannte davon. Das andere Mädchen lief hinterher und streckte die Zunge heraus, bevor es hinter einer Wegbiegung verschwand.

Ratlos vor Kummer, machtlos und einsam sank Trientje ins Gras am Rande des Weges und weinte; weinte, bis sie nicht mehr konnte. Es dämmerte schon, als sie den Korb, der inzwischen umgefallen war, aufnahm und nach Hause lief. Irgendwo im Gras glänzte der silberne Fingerhut ...

Das Blumenmädchen

[20. Februar 1944]

UM HALB ACHT JEDEN MORGEN öffnet sich die Türe des Häuschens, das am Rande des Dorfes steht. Ein ziemlich kleines Mädchen, an jedem Arm einen Korb voller Blumen, tritt heraus.

Wenn sie die Tür hinter sich geschlossen hat, nimmt sie die beiden Körbe fest in die Hände und macht sich auf den Weg. Jeder aus dem Dorf, der sie vorbeigehen sieht und dem sie freundlich zunickt, sieht ihr bedauernd nach, und jeden Morgen denkt jeder ein ums andere Mal: »Dieser Weg ist viel zu lang und schwer für ein zwölfjähriges Kind.«

Aber das Mädchen selbst kann die Gedanken ihrer Dorfnachbarn nicht hören, und so geht sie schnell und fröhlich weiter.

Es ist wirklich ein sehr langer Weg bis sie die Stadt erreicht, sicher zweieinhalb Stunden in schnellem Schritt, und mit den zwei schweren Körben ist so ein Weg nicht einfach. Als sie endlich durch die Straßen der Stadt geht, ist sie schon todmüde; nur die Aussicht, gleich sitzen und ruhen zu können, hält sie aufrecht. Aber sie ist tapfer, diese Kleine, und bremst ihren Schritt nicht, ehe sie nicht ihr Ständchen auf dem Markt erreicht hat; dann setzt sie sich und wartet und wartet ...

Oft wartet sie so den ganzen Tag, denn es sind nicht sehr viele Menschen, die von dem armen Blumenmädchen etwas kaufen möchten. Es kommt gar nicht selten vor, dass Krista ihre Körbe nur zur Hälfte geleert wieder zurücktragen muss.

Doch an diesem Tag ist es anders, es ist Mittwoch und ungewöhnlich voll auf dem Markt. In ihrer Nähe bieten schreiende Händlerinnen Ware zum Verkauf an, und überall rings herum hört das Mädchen grobe und feilschende Stimmen. Menschen, die vorbeikommen, bemerken Krista fast nicht, denn ihr hohes Stimmchen verschwindet beinahe völlig in dem Marktlärm. Aber Krista hört nicht auf, den ganzen Tag zu rufen: »Hier sind schöne Blumen – ein Zehner das Sträußchen. Kauft doch diese schönen Blumen!«

Und wenn die Menschen, die schon ihre Einkäufe erledigt haben, die vollen Körbe erblicken, geben sie gern einen Groschen, um ein so schön gebundenes Sträußchen zu bekommen.

Um zwölf Uhr steht Krista von ihrem Stuhl auf und geht zur anderen Seite des Marktes, wo ihr der Besitzer des Kaffeezelts jeden Tag ein warmes Tässchen Kaffee mit viel Zucker schenkt. Für diesen Mann hält Krista dann auch ihren schönsten Strauß bereit.

Dann setzt sie sich wieder auf ihren Stuhl und fängt aufs Neue an, ihre Ware anzupreisen. Endlich, um halb vier, steht sie auf, nimmt ihren Korb und geht ins Dorf zurück. Sie marschiert jetzt langsamer als morgens, denn Krista ist müde, schrecklich müde. Jetzt braucht sie drei Stunden für den Weg, und erst um halb sieben steht sie wieder vor der Tür des kleinen, alten Häuschens.

Drinnen ist alles unverändert, so, wie sie es morgens verlassen hat: kalt, einsam und ungemütlich. Ihre Schwester, mit der sie sich das Häuschen teilt, arbeitet von früh morgens bis spät abends im Dorf. Krista darf sich jetzt noch keine Ruhe gönnen, sofort nach dem Nachhausekommen beginnt sie, Kartoffeln zu schälen und Gemüse zu kochen; und erst um halb acht, wenn auch ihre Schwester zu Hause ist, setzt sie sich endlich an den Tisch, um hastig das wenige Essen zu verspeisen.

Um acht Uhr abends öffnet sich die Tür des Häuschens erneut, und noch einmal kommt das kleine Mädchen heraus, am Arm die beiden großen Blumenkörbe. Jetzt richtet sie ihr Schritte zu den Wiesen und Feldern, die das Haus umgeben. Sie geht nicht weit, sondern beugt sich zum Gras herab und pflückt Blumen, alle Sorten, alle Farben, große und kleine, alles wandert in ihre Körbe, und während die Sonne schon untergeht, sitzt das kleine Mädchen noch im Gras und pflückt, pflückt immer weiter.

Endlich ist sie fertig, die Körbe sind gefüllt. Die Sonne ist inzwischen verschwunden, und Krista legt sich ins Gras, ihre Hände unterm Kopf gefaltet, und sie blickt mit offenen Augen in den noch lichtblauen Himmel.

Dies ist ihr schönster Augenblick, und niemand sollte denken, dass dieses kleine Blumenmädchen, das so schwer arbeitet, unzufrieden ist. Unzufrieden ist sie nie und sie wird es auch nie sein, solange sie das noch jeden Tag aufs Neue erleben darf: Mitten auf der Wiese, zwischen den Blumen im Gras, mit dem Himmel über sich, hier ist Krista zufrieden.

Verschwunden ist alle Müdigkeit, verschwunden sind der Markt und die Menschen; das Mädchen träumt und denkt nur an das eine: Dass sie dies noch jeden Tag haben kann, dieses Viertelstündchen Nichtstun, allein mit Gott und der Natur.

Mein erstes Interview

[22. Februar 1944]

MAN STELLE SICH VOR, dass die Hauptperson meines ersten Personen-Porträts weiß, dass sie als Versuchskaninchen dient! Sie würde bestimmt erröten und fragen: »Was gibt es denn bei mir zu porträtieren?« Ich werde es euch gleich erzählen, Peter ist mein Studienobjekt, und ich werde auch erzählen, wie es eigentlich dazu kam!

Mir kam die Idee, jemanden zu interviewen, und da alle Personen im Haus schon von A bis Z besprochen sind, kam mir plötzlich Peter in den Sinn, der sich immer im Hintergrund hält und genau wie Margot fast nie Anlass zu Missklang oder Streit gibt.

Wenn man abends an seine Zimmertür klopft und sein leises »Ja, Ja« hört, dann kann man sicher sein, dass er, sobald man die Tür öffnet, einen durch zwei Treppenstufen der Dachbodenstiege hindurch ansieht, und meistens etwas einladend »So!« sagt.

Sein Zimmerchen ist, na, was ist es eigentlich – ich glaube eine Art Durchgang zum Dachboden, sehr klein, sehr dunkel und sehr feucht, aber ... er hat ein richtiges Zimmer daraus gemacht. Wenn er links von der Dachbodentreppe sitzt, ist zwischen ihm und der Mauer kaum mehr Platz als ein Meter. Dort steht sein Tischchen, meistens – genau wie bei uns – übersät mit Büchern (auch die Treppe dient als Regal), dazu ein Stuhl, und an der gegenüberliegenden Seite der Treppe hängt, an der Decke befestigt, sein Fahrrad. Dieses im Augenblick nutzlose Vehikel ist mit Packpapier umhüllt, und an einem der Pedale baumelt sehr lustig eine Verlängerungsschnur. Um das ganze Arbeitseckchen zu komplettieren, hängt über dem Haupt des Interviewten eine Lampe, mit einem sehr modischen Schirm, aus einem Stück Karton gebastelt und mit Papier beklebt.

Noch immer an der Tür stehend, schaue ich nun in eine andere Richtung. An der Wand, Peter gegenüber, hinter dem Tischchen, steht ein blaugeblümter Diwan, dessen Bettzeug hinter der Lehne verstaut ist. Darüber hängt eine ähnliche Lampe wie fünfzig Zentimeter daneben, nebst einem Handspiegel, und ein Stückchen weiter oben ein Bücherschränkchen, das auf sehr jungenhafte, lässige Art von oben bis unten vollgestopft ist mit in Packpapier eingeschlagenen Büchern. Um den Eindruck noch etwas zu ›verbessern‹ (oder weil der Eigentümer kein anderes Versteck finden konnte), steht dort auch ein Werkzeugkasten, in dem man verloren geglaubten Krimskrams wiederfinden kann. Es ist lange her, aber es ist doch geschehen, dass ich mein verschwundenes Lieblingsmesser aus den Tiefen dieses Kastens ans Licht zog, und das wird nicht das letzte Ding sein, das sich durch ein ›Missgeschick‹ dorthin verirrt.

Neben dem Bücherschränkchen ist ein Brett befestigt, das mit vor-langer-Zeit-weiß-gewesenem Papier bespannt ist. Dieses Brett war eigentlich dazu bestimmt, Milchflaschen und andere Sachen aus der Küche abzustellen, aber da der Bücherschatz des jungen Bewohners so weit um sich gegriffen hat, ist das Ganze nun von lehrreichen Schriften überwuchert, und die Milchflaschen vegetieren auf dem Boden dahin.

An der dritten Wand hängt wieder ein kleines Schränkchen (einst eine Kirschenkiste), wo auch ein herrliches Sammelsurium zu betrachten ist, unter anderem Rasierpinsel, Rasierapparat, Klebestreifen, Abführmittel und so weiter.

Nahe diesem Schränkchen steht die Krone van Daan'scher Erfindungskunst, nämlich ein Schrank, aus steifer Pappe gebaut, mit nur zwei oder drei Stützen aus festerem Material. Vor diesem Schrank, gefüllt mit Herrenanzügen, Jacken, Socken, Schuhen und dergleichen, hängt ein wirklich schöner Vorhang, den Peter nach wochenlangem Betteln seiner Mutter abluchsen konnte. Oben auf diesem Schrank steht so viel, dass ich noch nie dahinter gekommen bin, was es nun eigentlich genau ist.

Auch der Bodenbelag des van Daan Junior lohnt, beachtet zu werden. Nicht nur, dass er in seinem Zimmerchen echte persische Teppiche liegen hat, zwei große und einen kleinen; diese Teppiche haben auch derart angenehme Farben, dass sie jedem, der das Zimmer betritt, sofort auffallen müssen. Der Fußboden, der noch immer holprig und nicht sehr gleichmäßig ist, sodass man ihn mit Vorsicht betreten sollte, ist also geschmückt mit diesen einst kostbaren Stücken.

Zwei Wände sind mit grüner Jute bespannt, und die beiden anderen sind mit schönen und weniger schönen Filmstars und Reklameplakaten überbordend beklebt. Fett- und Brandflecken sollte man nicht allzu sehr Beachtung schenken, denn bei soviel

Zeug kann man nach eineinhalb Jahren schon erwarten, dass davon etwas schmutzig wird.

Die Zimmerdecke, auch nicht sehr luxuriös, besteht wie alle hier aus altmodischen Balken, und da es auf den Dachboden regnet, und durch die Decke in Peters Zimmerchen, dienen einige Bogen steifer Pappe als Regenschutz. Dass diese Vorrichtung nicht viel nützt, beweisen die zahllosen Wasserflecken und -ringe nur allzu deutlich.

Ich habe nun, glaube ich, alles in diesem Zimmer geschildert und habe nur die beiden Stühle vergessen, einer davon ist braun und geflochten, und der andere ein alter weißer Küchenstuhl, den Peter letztes Jahr neu streichen wollte, aber beim Abbeizen merkte er, dass es nicht ging. So sieht dieser Stuhl also, halb abgeschabt, mit einer Sprosse (die andere brauchten wir als Schüreisen) und mit mehr Schwarz als Weiß, nicht sehr schön aus. Aber wie gesagt, die Kammer ist dunkel, und der Stuhl fällt deshalb kaum auf. Die Tür neben der Küche ist verhängt mit Küchenschürzen, und etwas weiter befinden sich noch einige Haken mit Staubtüchern und Bürsten.

Nach dieser Beschreibung wird wohl jeder alles in Peters Zimmerchen genau vor Augen haben – außer der Hauptperson, Peter selbst. Also will ich auch diese Aufgabe hinter mich bringen und dem Eigentümer all dieser aufgezählten, glorreichen Habseligkeiten einen Platz geben.

Bei Peter gibt es zwischen Wochen- und Sonntagskleidung einen großen Unterschied. In der Woche trägt er einen Overall, von dem er, so kann man sagen, wirklich unzertrennlich ist, denn er wehrt sich heftig dagegen, das arme Ding zur Wäsche herauszugeben.

Ich kann mir dafür keinen anderen Grund vorstellen, als die Angst dass sein geliebtes Kleidungsstück dadurch zu sehr verschlissen wird und dann abdanken muss. Jedenfalls ist er doch vor Kurzem gewaschen worden, und man kann wieder erkennen, dass seine Farbe Blau ist. Um den Hals, genauso unzertrennlich von ihm wie der Overall, ist ein blauer Schal gewickelt. Um die Mitte ein dicker, brauner, lederner Gürtel, und weiße Wollsocken ... daran kann jeder, ob er nun montags, dienstags oder an irgendeinem anderen Werktag daherkommt, Peter sofort erkennen. Sonntags jedoch erfahren seine Kleider eine magische Verwandlung: Ein schöner Anzug, schöne Schuhe, Oberhemd, Krawatte, nun, ich brauche das übrige nicht aufzuzählen, denn jeder wird ordentliche Kleider schon kennen. Dies zum Äußeren. Über Peter selbst habe ich meine Meinung in letzter Zeit gründlich geändert. Früher fand ich ihn langweilig und einfältig, aber jetzt ist er weder das eine noch das andere, und jeder wird mir zustimmen, wenn ich sage, dass er sehr nett geworden ist.

Ich bin fest davon überzeugt, dass er ehrlich und großzügig ist. Bescheiden und sehr hilfsbereit war er schon immer, und mein Gefühl sagt mir, dass er viel empfindsamer ist, als jeder denken oder vermuten würde. Eine Vorliebe hat er, die ich keinesfalls vergessen darf, – die Katzen. Nichts ist ihm zuviel für Mouchi oder Moffi, und ich glaube, dass die beiden ihm vieles ersetzen, was er an Liebe entbehrt. Ängstlich ist er auch nicht, im Gegenteil, und auch längst nicht so angeberisch wie andere Jungs in seinem Alter. Dumm ist er ganz und gar nicht, und ich finde vor allem sein Gedächtnis beeindruckend ...

Von hübschem Äußeren ist er, das brauche ich niemandem zu sagen, denn wer ihn kennt, wird das wohl selbst wissen. Sein Haar ist prächtig, ein dichter brauner Lockenwald, blaugraue Augen, und dann ... also, es war immer meine schwache Seite, Gesichter zu beschreiben. Deshalb werde ich sein Foto nach dem Krieg zu denen der anderen Versteckten kleben, dann brauche ich nichts mehr mit der Feder zu beschreiben.

Der Sumpf des Verderbens

[Dienstag, 22. Februar 1944]

ERSCHRECKEN SIE NICHT, ich habe bestimmt nicht vor, eine Reihe von Beispielen des genannten Titels aufzulisten; der Grund, warum ich diesen Titel gewählt habe, ist nur der, dass ich diesen Satz gestern in einer Zeitschrift gelesen habe. (›C &T.‹, Nr. 8)

Nun möchten Sie sicherlich wissen, in welchem Zusammenhang, und ich will auch sofort Auskunft geben: Der ›Sumpf des Verderbens‹ stand in der Zeitschrift im Zusammenhang über einen Film mit einigen Nacktaufnahmen, die der Kritiker scheinbar anstößig fand. Ich möchte jetzt keineswegs behaupten, dass er damit völlig unrecht hätte, nur bin ich im Allgemeinen der Auffassung, dass die Leute hier in Holland alles, was nur im Geringsten zu freizügig ist, sofort beschimpfen.

Sie nennen das, was hier herrscht, Prüderie, und das kann einerseits etwas Nützliches sein, aber andererseits, wenn alle Kinder so erzogen werden, dass alles, was mit Nacktsein zu tun hat, unanständig sei – dann wird es sicherlich auf die Dauer soweit kommen, dass sich die Jugend fragt: »Ja, sind die denn alle ganz und gar verrückt geworden?«

Und ich kann nicht anders, als ihnen beizupflichten. Sittlichkeit und Prüderie können auch zu weit gehen und das ist in den Niederlanden sicherlich der Fall. Denn überlegen Sie doch einmal, wie widersinnig es eigentlich ist, dass man, wenn man nur das Wort ›nackt‹ erwähnt, von allen Seiten angeguckt wird, als ob man der unanständigste Mensch auf Erden sei. Denken Sie nicht, dass ich jemand bin, der es sich wünschen würde, dass die Zeiten der Naturvölker zurückkehren und wir uns nur mit Tierfellen bedecken sollten; weit entfernt, aber ein bisschen freier, ein bisschen normaler, dann würde alles viel ungezwungener sein. Und jetzt stelle ich Ihnen eine Frage.

»Verstecken Sie die Blümchen, wenn Sie sie pflücken, auch sofort und reden nie darüber, wie sie aussehen?«

Ich finde den Unterschied zwischen uns und der Natur nicht so groß, und da wir Menschen ja auch ein kleiner Teil der Natur sind, warum schämen wir uns dann dafür, wie die Natur uns geschaffen hat?

Der Schutzengel

[22. Februar 1944]

EINMAL, VOR SEHR VIELEN JAHREN, wohnten am Rande eines großen Waldes zwei Menschen, eine alte Frau und ihre Enkelin. Die Eltern des Mädchens waren gestorben, als es noch sehr klein war, und die Großmutter sorgte immer sehr gut für es.

Es war ein einsames Häuschen, in dem die beiden lebten, aber sie empfanden das nicht so und waren immer glücklich und zufrieden zu zweit.

Eines Tages konnte die alte Frau morgens nicht aus dem Bett aufstehen, weil sie am ganzen Körper Schmerzen hatte.

Ihre Enkelin war damals schon vierzehn Jahre alt und pflegte ihr Großmütterchen so gut sie konnte.

Nach fünf Tagen starb die Großmutter, und das Mädchen war nun ganz allein in dem einsamen Haus. Weil sie so gut wie keinen Menschen kannte und auch kein Bedürfnis hatte, jemanden herbeizuholen, um die Großmutter zu bestatten, grub sie selbst ein tiefes Loch am Fuße eines alten Baumes im Wald und legte ihre Großmutter dort hinein.

Als das arme Mädchen wieder nach Hause kam, war es völlig verlassen und traurig; es legte sich auf sein Bett und weinte schrecklich. So blieb es den ganzen Tag liegen, und erst abends stand es auf, um etwas zu essen.

So war es Tag für Tag; das arme Kind hatte die Lust an allem verloren und trauerte nur im Stillen um die liebe Großmutter.

Dann geschah etwas, das an einem einzigen Tag alles völlig veränderte.

Es war Nacht, und das Mädchen schlief, als plötzlich seine Großmutter vor ihm stand; sie war ganz in Weiß gekleidet, ihre weißen Haare hingen auf ihre Schultern, und in der Hand trug sie ein kleines Lämpchen. Das Mädchen sah von seinem Bett zu ihr auf und wartete, bis die Großmutter zu sprechen begann.

»Mein liebes Mädchen«, begann die Großmutter, »nun sehe ich schon vier Wochen lang jeden Tag nach dir, und niemals treffe ich dich anders an, als weinend und schlafend.

Das ist nicht gut, und ich komme jetzt zu dir, um dir zu sagen, dass du arbeiten und spinnen musst, du musst unser Haus in Ordnung halten und dich auch wieder schön kleiden! Denke nicht, dass ich, da ich nun tot bin und nicht mehr um dich besorgt wäre; ich bin im Himmel und schaue immer auf dich herab. Ich bin nun dein Schutzengel und bin ganz wie früher immer bei dir.

Nimm deine Arbeiten wieder brav auf und vergiss niemals, dass deine Großmutter bei dir ist!«

Dann verschwand die Großmutter wieder, und das Mädchen schlief weiter. Am nächsten Morgen jedoch, als es erwachte, erinnerte es sich an das, was die Großmutter gesagt hatte, und auf einmal war es froh, denn es fühlte sich nicht mehr verlassen.

Es arbeitete wieder, verkaufte seine Spinnwaren auf dem Markt und befolgte stets den Rat der Großmutter.

Später, viel später, war es auch in der Welt nicht mehr alleine, denn es heiratete einen tüchtigen Müller. Und das Mädchen bedankte sich dafür bei seiner Großmutter, dass sie es nie allein gelassen hatte, und es wusste wohl, dass, obgleich es nun Gesellschaft hatte, sein Schutzengel es bis zu seinem Tod nicht mehr verlassen würde.

Das Glück

BEVOR ICH mit der eigentlichen Geschichte beginne, muss ich doch kurz erzählen, wie mein Leben bisher verlief.

Ich habe keine Mutter mehr (eigentlich kannte ich sie nie), und mein Vater hat wenig Zeit für mich.

Als meine Mutter starb, war ich zwei Jahre alt; mein Vater gab mich zu sehr lieben Menschen, die sich fünf Jahre lang um mich kümmerten. Mit sieben kam ich in eine Art Internat und blieb dort bis zu meinem vierzehnten Lebensjahr. Dann durfte ich endlich dort weg, und Vater nahm mich zu sich.

Nun wohnen wir zusammen in einer Pension, und ich gehe ins Lyzeum. Alles verlief zu dieser Zeit in meinem Leben sehr normal, bis, ja, bis Jacques kam.

Ich lernte Jacques dadurch kennen, dass er mit seinen Eltern in die Pension zog. Zuerst begegneten wir uns einige Male auf der Treppe, dann zufällig im Park, und danach gingen wir öfters zusammen in den Wald.

Ich fand gleich, dass Jacques ein feiner Junge war, wohl etwas still und schüchtern, aber ich glaube, gerade das zog mich an. Nach und nach waren wir öfter zusammen unterwegs, und nun kommt er schon oft in mein Zimmer oder ich in das seine. Vor Jacques war ich noch nie einem Jungen nahegekommen und war dann auch sehr erstaunt festzustellen, dass er überhaupt kein Prahler und Aufschneider war, wie es die Jungs aus meiner Klasse alle zu sein schienen.

Ich fing an, über Jacques nachzudenken, nachdem ich viel und lange über mich selbst gegrübelt hatte. Ich wusste, dass seine Eltern immer Streit hatten, und nahm an, dass ihn das sehr störe, denn einer seiner besten Charakterzüge ist, dass er Ruhe und Frieden liebt.

Ich bin oft alleine und fühle mich oft verlassen und traurig; sicher deshalb, weil ich meine Mutter so sehr vermisse und damals noch nie eine richtige Freundin hatte, der ich alles anvertrauen konnte. Bei Jacques ist das ebenso; er hatte auch nur oberflächliche Freunde, und wie mir schien, hatte auch er ein Bedürfnis nach Vertrauen. Aber ich konnte mich ihm nicht wirklich nähern, und wir redeten weiter über belanglose Dinge.

An einem Tag jedoch kam er unter einem Vorwand in mein Zimmer, während ich auf einem Kissen am Boden saß und nur in den Himmel schaute.

»Störe ich dich?« fragte er leise, als er hereinkam.

»Nein, nein«, antwortete ich und drehte mich herum, »setz dich ruhig zu mir. Findest du es nicht auch schön, nur so zu sitzen und zu träumen?«

Er stellte sich ans Fenster, lehnte den Kopf an die Scheibe und antwortete: »Ja, ich träume auch oft so, weißt du, wie ich das nenne? In die Weltgeschichte schauen.« Überrascht sah ich ihn an: »Ich finde, das trifft es sehr, sehr gut, das Wort werde ich mir merken.«

»Ja«, nun schaute er mich wieder mit diesem seltsamen Lächeln an, das mich immer einigermaßen durcheinander brachte; ich wusste jedenfalls nie, was er damit eigentlich meinte.

Dann redeten wir wieder über unbedeutende Dinge, und nach einer halben Stunde ging er.

Als er das nächste Mal zu mir kam, saß ich wieder auf demselben Platz, und er stellte sich auch wieder ans Fenster. Das Wetter war an diesem Tag von seltener Schönheit, der Himmel tiefblau (wir waren so hoch, dass wir keine Häuser sahen, auch weil ich nicht nach unten schaute), an den Ästen der kahlen Kastanie vor dem Haus hingen Tautropfen, die beim Wiegen der Äste immer schnell einen Sonnenstrahl einfingen, Möwen und andere Vögel flogen am Fenster vorbei, und überall hörte man Gezwitscher.

Was geschah, kann ich nicht sagen, aber jedenfalls war keiner von uns fähig, ein Wort herauszubringen. Wir waren zusammen in einem Zimmer, noch dazu ziemlich dicht beieinander, aber wir nahmen uns kaum noch wahr. Wir sahen und sahen nur zum Himmel und sprachen mit uns selbst. Ich sage einfach ›uns‹, denn ich bin überzeugt davon, dass er dasselbe fühlte wie ich und ebenso wenig wie ich innerlich fähig war, die Stille zu brechen. Nachdem wir eine Viertelstunde so zusammen saßen, sprach er doch das erste Wort, er sagte nämlich: »Wenn du das siehst, ist es dann nicht verrückt, sich immer wieder zu streiten; wie unbedeutend dann alles wird, und doch fühle ich sonst nie so!« Er sah mich etwas verlegen an und fürchtete sicher, dass ich seine Worte nicht begreifen könne, aber ich war überglücklich, dass er Antwort erwartete und dass ich endlich einmal einem Verstehenden meine Gedanken mitteilen konnte.

Also antwortete ich: »Weißt du, was ich immer denke? Dass es dumm ist, mit Menschen zu streiten, die einem gleichgültig sind; mit Menschen, die einem nicht gleichgültig sind, ist das eine andere Sache. Man liebt sie, und wenn sie zu streiten beginnen oder etwas tun, was Streit verursacht, tut das mehr weh, als dass es wütend macht.«

»Findest du das auch? Aber bei dir gibt's doch nicht soviel Zank?«

»Nein, aber doch genug, um zu wissen, wie es sich anfühlt! Aber schlimmer finde ich noch, dass die meisten Menschen eigentlich allein durch die Welt gehen!«

»Wie meinst du das?« Jacques sah mich nun immerzu an, und ich wollte trotzdem weitersprechen, vielleicht würde ich ihm damit helfen können.

»Ich meine, dass die meisten Menschen, ob verheiratet oder nicht, innerlich alleine sind. Sie haben keinen, mit dem sie über ihre Gefühle und Gedanken reden können, und das ist es, was ich am meisten vermisse.«

Und Jacques sagte nur: »Ich auch.« Dann sahen wir wieder zum Himmel, und dann sagte er: »Menschen, die niemanden haben, mit dem sie, wie du sagst, sprechen können, entbehren sehr, sehr viel. Und gerade diese Einsicht macht mich oft so niedergeschlagen.«

»Nein, das finde ich nicht; nicht dass du niemals niedergeschlagen sein dürftest, daran kann man, wie gesagt, nichts ändern, aber sich schon von vornherein darauf einzustellen, dass die Traurigkeit kommt, das ist keinesfalls nötig! Denn was du suchst, wenn du traurig bist, ist doch das Glück, und auch wenn dir noch einiges dazu fehlt, weil du niemanden hast, dem du dich anvertrauen kannst, so verlierst du doch das Glück in dir selbst, wenn du es einmal gefunden hast, niemals wieder. Ich meine nicht materielle Dinge, ich meine ausschließlich das Geistige. Ich glaube, wenn man einmal das Glück in sich selbst gefunden hat, so kann es sich wohl lange verstecken, aber niemals ganz verschwinden!«

»Wie hast *du* es denn gefunden?«

Ich stand auf: »Komm mal mit«, sagte ich, und dann führte ich ihn auf den Dachboden; dort oben gab es noch einen kleinen Raum mit einem Fensterchen. Unser Haus war außergewöhnlich hoch, und als wir oben auf dem Dachboden angekommen waren und aus dem Fenster sahen, schauten wir in ein großes Stück Himmel.

»Sieh mal«, sagte ich, »wenn du nach dem Glück in dir selbst suchst, dann musst du hinausgehen, an einem Tag mit viel Sonne und blauem Himmel. Auch wenn du vor so einem Fenster stehst und blickst über unsere Stadt und siehst den breiten wolkenlosen Himmel, so wie jetzt, dann wirst du eines Tages das Glück finden.

Ich erzähle dir, wie es bei mir war. Ich war im Internat und fand es dort schon immer scheußlich, aber je älter ich war, umso scheußlicher wurde es. An einem freien Mittag ging ich ganz alleine hinaus in die Heide. Dort setzte ich mich hin und träumte ein bisschen; als ich nach oben sah, bemerkte ich, dass das Wetter ganz besonders schön war; ich hatte bis zu diesem Moment gar nicht darauf geachtet, weil ich viel zu sehr mit meinem eigenen Elend beschäftigt war.

Aber nun, da ich einmal aufgeblickt hatte und erkannte, wie schön alles um mich herum war, da verstummte diese Stimme in mir, die alles aufzählte, was schlimm war. Ich konnte nichts anderes mehr tun oder denken oder fühlen, als dass dies schön war und dass es das einzig Wahre sein musste.

Sicher eine halbe Stunde lang saß ich so da, und als ich endlich aufstand, um zur verhassten Schule zurückzugehen, war ich überhaupt nicht mehr deprimiert, im Gegenteil, ich fand alles gut und wunderbar, so wie es war.

Später verstand ich, dass ich an diesem Mittag zum ersten Mal das Glück in mir selbst gefunden hatte, denn, was auch geschehen möge, dieses Glück kann immer bei dir sein.«

»Und hast du dich daraufhin verändert?« fragte er leise.

»Insofern wohl, dass ich zufriedener wurde. Sicher nicht immer, ich murrte noch oft genug, aber so ganz und gar traurig war ich nie mehr, wohl weil ich fühlte, dass der Kummer nur aus Selbstmitleid erwuchs, das Glück aber aus der Freude.« Als ich zu Ende gesprochen hatte, sah er noch immer gedankenverloren aus dem Fenster und sagte nichts. Dann drehte er sich sehr plötzlich um und blickte mich an. »Ich habe das Glück noch nicht gefunden, aber etwas anderes, nämlich jemanden, der mich verstehen wird!«

Ich verstand genau, was er meinte, und seit damals war ich nie mehr allein.

Angst

ES WAR EINE SCHRECKLICHE ZEIT, die ich damals durchmachte. Ringsum wütete der Krieg, und keiner wusste, ob er in der nächsten Stunde noch am Leben wäre.

Meine Eltern, Brüder, Schwestern und ich wohnten in der Stadt, doch wir rechneten damit, evakuiert zu werden oder fliehen zu müssen. Die Tage waren erfüllt von Kanonenschlägen und Schüssen, die Nächte von unwirklichen Blitzen und dumpfen Schlägen, die aus der Tiefe zu kommen schienen. Ich kann es nicht beschreiben, ich erinnere mich auch nicht mehr genau an das Chaos dieser Tage, weiß nur noch, dass ich den ganzen Tag nichts anderes tat, als Angst zu haben. Meine Eltern versuchten alles, um mich zu beruhigen, aber vergebens, ich hatte Angst von innen und von außen, aß nicht, schlief schlecht, zitterte immerzu.

Das ging eine Woche lang so, bis eines Abends die Nacht anbrach, an die ich mich so deutlich erinnere, als sei es erst gestern gewesen.

Um halb neun Uhr abends, als gerade das Schießen etwas nachgelassen hatte und ich auf einem Sofa, noch angezogen, lag, um ein wenig zu schlummern, wurden wir plötzlich von zwei fürchterlichen Schlägen aufgeschreckt. Wie von Taranteln gestochen sprangen wir alle sofort auf und stellten uns in den Flur. Selbst Mutter, die sonst immer ruhig war, sah bleich aus. Die Schläge wiederholten sich in ziemlich regelmäßigen Abständen – und plötzlich ein entsetzliches Krachen, Splittern, Schreien, und ich stürzte davon, so schnell ich konnte. Mit einem Rucksack auf meinem Rücken, dick angezogen, rannte ich, nur fort, fort, weg aus diesem schrecklichen, brennenden Inferno.

Überall um mich her, überall liefen schreiende Menschen; die Straße war hell erleuchtet von brennenden Häusern, und alle Gegenstände glühten rot und beängstigend. Ich dachte nicht an meine Eltern, meine Brüder oder Schwestern, ich dachte nur noch an mich und dass ich fort musste, nur fort. Ich spürte keine Müdigkeit, meine Angst war stärker, ich merkte nicht, dass ich meinen Rucksack verlor, ich rannte nur.

Ich kann unmöglich sagen, wie lange ich so lief, immer mit dem Bild der brennenden Häuser, der schreienden und angstverzerrten Gesichter vor Augen, und Angst um alles, was ich hatte. Mit einem Mal fiel mir auf, dass es stiller ringsum geworden war, ich schaute mich um, wie aus einem Traum erwacht, und sah niemanden und nichts mehr. Keinen Brand, keine Bomben und keine Menschen.

Ich hielt an, sah mich genauer um: Ich stand auf einer Wiese, über meinem Kopf glitzerten die Sterne und der Mond leuchtete, das Wetter war klar, die Nacht frisch, aber nicht kalt.

Kein Laut war mehr zu hören, todmüde setzte ich mich auf die Erde, breitete die Decken, die ich noch im Arm hielt, aus und legte meinen Kopf darauf.

Ich blickte zum Himmel und fühlte plötzlich, dass ich keine Furcht mehr hatte, im Gegenteil, ich war sehr ruhig.

Das Unvorstellbare war, dass ich überhaupt nicht mehr an meine Familie dachte, sie auch nicht vermisste; ich sehnte mich nur nach Ruhe, und es dauerte nicht lange und ich schlief mitten im Gras unter dem klaren Himmel ein. Die Sonne ging gerade auf, als ich erwachte. Als ich im Tageslicht in der Ferne die bekannten Häuser am Rand der Stadt sah, wusste ich sofort, wo ich mich befand.

Ich rieb mir den Schlaf aus den Augen und schaute noch einmal genau um mich; kein Mensch war in der Umgebung zu sehen, nur der Löwenzahn und die Kleeblätter im Gras leisteten mir Gesellschaft. Ich legte mich noch ein wenig auf die Decken und überlegte, was ich nun tun sollte, aber meine

Gedanken irrten immer wieder ab, hin zu dem wundersamen Gefühl der Nacht, als ich allein im Gras saß, ganz furchtlos.

Später fand ich meine Eltern wieder, und wir zogen in eine andere Stadt. Heute, da der Krieg schon lange zu Ende ist, weiß ich wie es kam, dass unter dem weiten Himmel meine Angst verschwunden war.

Als ich allein mit der Natur war, da erkannte ich, ohne es wirklich zu verstehen, dass Furcht nichts hilft und nichts nützt, und dass es für jeden, der solche Angst hat wie ich damals, das Beste wäre, die Natur anzusehen und zu erkennen, dass Gott viel näher ist, als die meisten Menschen ahnen.

Seit dieser Zeit hatte ich, obwohl noch zahllose Bomben in meiner Nähe niedergingen, nie mehr richtige Angst gehabt.

Gib!

[26. März 1944]

WER VON ALL DEN MENSCHEN, die in warmen und gemütlichen Unterkünften wohnen, hat eine Vorstellung vom Leben, das Bettler erdulden müssen?

Wer von all den ›lieben‹ und ›guten‹ Menschen hat sich jemals gefragt, wie das Leben so vieler Kinder und Menschen ringsum aussieht? Sicher, jeder gibt einmal einem Bettler einen Groschen, aber meistens wird er ihm grob in die Hand geworfen und die Tür zugeschlagen. Und meistens findet es der gute Spender obendrein noch widerlich, diese Hand anzufassen! Stimmt's oder nicht? Und später wundern sich alle, dass die Bettler so unverschämt sind! Würde nicht jeder frech werden, der mehr wie ein Hund als wie ein Mensch behandelt wird?

Es ist schlimm, sehr schlimm, dass in einem Land wie den Niederlanden, das sich guter sozialer Gesetze und einer anständigen Bevölkerung erfreut, die Menschen einander so behandeln. Ein Bettler ist für die meisten gutbetuchten Bürger etwas sehr Niederes, einer, der widerlich und ungepflegt ist, grob und ungezogen. Aber wer hat sich je gefragt, wie diese Bettler so geworden sind? Vergleicht doch einmal eure eigenen Kinder mit den Bettlerkindern! Wo liegt der Unterschied? Eure Kinder sind adrett und sauber, die anderen ungepflegt und hässlich! Ist das alles? Ja, tatsächlich, darin liegt der ganze Unterschied, aber wenn man einem solchen Bettelkind auch gute Kleider anziehen würde und man ihm gefällige Manieren beibrächte, dann gäbe es gar kein Unterschied!

Alle Menschen sind gleich geboren, als Baby waren sie alle hilflos und unbefleckt. Alle Menschen atmen dieselbe Luft, viele glauben an denselben Gott. Und doch ist der Unterschied zwischen vielen noch so unsagbar groß. Er ist groß, weil sich so viele nie klar gemacht haben, worin der Unterschied nun eigentlich liegt, denn wenn sie das getan hätten, hätten sie schnell erkannt, dass es keinen Unterschied gibt!

Alle Menschen werden gleich geboren, und alle Menschen sterben wieder und behalten nichts übrig von ihrem Glanz auf Erden. Aller Reichtum, alle Macht und alle Größe sind nur für so wenige Jahre bestimmt. Warum wird das Vergängliche so hartnäckig festgehalten? Warum können die Menschen, die zuviel für ihren eigenen Gebrauch haben, das Zuviel nicht ihren Mitmenschen überlassen?

Warum müssen es einige in den wenigen Jahren hier auf der Erde so schlecht haben?

Und vor allem darf man das, was man den Menschen gibt, ihnen nicht so ins Gesicht werfen, jeder hat ein Recht auf Freundlichkeit. Warum sollte man freundlicher zu einer reichen Dame sein als zu einer armen Frau? Hat jemand den Unterschied im Charakter der beiden schon herausgefunden?

Nicht in Reichtum oder Macht liegt die Größe der Menschen, sondern im Charakter und in der Güte. Alle Menschen sind nur Menschen, alle Menschen haben ihre Fehler und Schwächen, aber alle werden auch mit viel Güte geboren. Und wenn man danach strebt, diese Güte zu vergrößern, statt sie zu ersticken, wenn man sich bemüht, den armen Menschen auch ein menschliches Gefühl entgegenzubringen, dann kann man das sogar ohne Geld und Güter tun, denn das hat nicht jeder im Übermaß.

Es fängt alles bei den kleinen Dingen an, und auch hier kann man mit kleinen Dingen anfangen. Stehe zum Beispiel in der Straßenbahn nicht nur für reiche Mütter auf, nein, tu es auch für die armen! Sage genauso »Verzeihung«, wenn du einer Armen auf die Zehen trittst, wie du es bei einer Reichen tust! Es ist nur eine kleine Mühe und bewirkt doch so viel. Die kleinen Bettelkinder, die ohnehin schon so sehr zu kurz kommen, warum sollte man ihnen diese kleine Freundlichkeit nicht schenken? Jeder weiß, dass ein gutes Beispiel gute Folgen hat, gib nun du dieses gute Beispiel, dann wird es nicht allzu lange dauern, und die anderen werden dir folgen. Immer mehr Menschen werden freundlicher und großzügiger werden, bis endlich niemand mehr auf die Ärmeren herabsieht.

O wären wir nur schon so weit, hätten die Niederlande, später Europa und zum Schluss die ganze Welt endlich begriffen, dass sie unrecht handeln, wäre die Zeit nur gekommen, in der die Menschen einander wohlgesonnen sind, wissend, dass sie doch alle gleich sind und alle irdischen Dinge nur vergänglich!

Wie herrlich ist es, dass keiner auch nur eine Minute zu warten braucht, um damit zu beginnen, die Welt langsam zu ändern! Wie herrlich, dass jeder, klein oder groß, direkt seinen Teil dazu leisten kann, Gerechtigkeit zu bringen und zu geben!

Wie bei so unglaublich vielen Dingen suchen die meisten Menschen die Gerechtigkeit ganz woanders, klagen, weil ihnen selbst so wenig davon zuteil wird.

Mach die Augen auf, sei selbst *zuerst* gerecht! Gib *selbst,* was du geben kannst! Und etwas geben kann man immer, wenn es auch nur Freundlichkeit ist! Wenn alle diese Kleinigkeit geben würden und nicht mit netten Worten so geizig wären, dann würde viel mehr Liebe und Gerechtigkeit in die Welt kommen! Gib und du wirst etwas bekommen, viel mehr als du jemals für möglich gehalten hast. Gib, gib immer wieder, sei stark, halte durch und gib! Keiner ist je vom Geben arm geworden![16]

Wenn ihr so handelt, dann werden in ein paar Generationen die Menschen kein Mitleid mehr mit den Bettelkindern haben müssen, denn diese wird es dann nicht mehr geben!

Es ist reichlich Platz, Reichtum, Geld und Schönheit in der Welt. Gott hat für alle genug geschaffen! Lasst uns darum alle beginnen, es gerecht zu verteilen!

Der weise Zwerg

[18. April 1944]

ES WAR EINMAL ein kleines Elflein namens Dora. Diese Dora nun war schön und reich und wurde von ihren Eltern schrecklich verwöhnt. Wer Dora sah, sah sie nie anders als lachend; sie lachte von früh morgens bis spät abends, freute sich über alles, und Verdruss war ihr fremd.

Im selben Wald, in dem Dora lebte, wohnte auch ein kleiner Wicht, der Peldron hieß. Peldron war in allem das genaue Gegenteil von Dora; während sie sich immer an schönen Dingen erfreute und immer lustig war, jammerte er über das Elend, das noch immer in der Welt war, und besonders in der Welt der Wichte und Elfen.

Eines Tages musste Dora für ihre Mutter etwas beim Schuhmacher des Elfendorfes abgeben, und wie es der Zufall wollte, begegnete sie tatsächlich dem lustlosen und immer trübsinnig dreinblickenden Peldron.

Dora nun war zwar lieb, aber weil jedermann sie so süß fand, war sie auch ziemlich eingebildet. Übermütig wie sie war, lief sie

---

[16] *»Vom Geben wird man nicht arm«, war eine in der Familie Frank häufig gebrauchte Redewendung, die von Annes Großmutter stammte.*

auf Peldron zu, zog ihm seine schöne Wichtelmütze vom Kopf und blieb laut lachend in einiger Entfernung stehen, die Mütze in den Händen. Peldron war ernstlich böse auf das abscheuliche Kind, stampfte mit dem Fuß auf die Erde und rief: »Gib mir meine Mütze, du widerliches Ding, gib sie sofort her!«

Aber Dora dachte gar nicht daran, sie lief immer weiter weg und versteckte die Mütze schließlich in einem hohlen Baumstamm; dann setzte sie schnell ihren Weg zum Schuhmacher fort.

Nach langem Suchen fand Peldron endlich seine Mütze wieder; er konnte absolut keinen Spaß vertragen, und vor allem konnte er Dora nicht leiden. Wütend ging er weiter, als eine tiefe Stimme ihn plötzlich aus dem Grübeln riss: »Schau her, Peldron, ich bin der älteste Zwerg der Welt, aber ich bin auch der ärmste, willst du mir nicht etwas geben, damit ich Essen kaufen kann?« Peldron schüttelte ablehnend den Kopf: »Ich denke nicht daran, dir etwas zu geben, es ist viel besser, wenn du stirbst, dann musst du das Elend der Welt nicht länger ertragen«, sagte er und blickte nicht zurück, als er weiterging.

Dora war inzwischen bei dem Schuhmacher fertig, und auf dem Rückweg bat der alte Zwerg auch sie um etwas Geld oder Dinge. »Nein«, sagte auch Dora, »Geld gebe ich dir nicht, du hättest nicht arm werden dürfen, die Welt ist so schön, dass ich mich mit armen Menschen nicht aufhalte«, und sie hüpfte weiter.

Seufzend setzte sich der alte Zwerg ins Moos und überlegte, was er mit diesen beiden Kindern anstellen sollte, das eine war zu traurig, das andere zu fröhlich, und alle beide würden sie auf diese Weise in ihrem Leben erfolglos bleiben. Nun solltet ihr wissen, dass der Zwerg, der schon so uralt war, kein gewöhnlicher Zwerg war, er war ein Zauberer, aber ganz sicher kein böser. Im Gegenteil, er wollte, dass Menschen, Wichte und Elfen besser werden und die Welt voran bringen. Eine Stunde lang saß er da und grübelte tief, dann stand er auf und ging langsam zum Haus von Doras Eltern.

Einen Tag nach ihrer Begegnung im Wald saßen Dora und Peldron alle beide gefangen in einem verschlossenen Häuschen. Der alte Zwerg hatte sie mitgenommen, um sie zu erziehen, und wenn das sein Plan war, durften keine Eltern sich dem widersetzen.

Was sollten die beiden nun zusammen in einem Häuschen anstellen? Hinaus durften sie nicht, streiten durften sie auch nicht, aber den ganzen Tag viel arbeiten sollten sie – das waren die drei Dinge, die ihnen der Zwerg aufgegeben hatte. Also arbeitete Dora und machte danach Unsinn, und ebenso machte sich Peldron an die Arbeit und war danach zu Tode betrübt. Jeden Abend um sieben Uhr kam der alte Zwerg und besah ihre Arbeit, um sie dann wieder ihrem Schicksal zu überlassen.

Ja, was sollten sie tun, um wieder freigelassen zu werden? Es gab nur ein Mittel und das war: Alles tun, was der Zwerg anordnete, und das war schon allerhand: Sie durften nicht nach draußen; nicht streiten; viel arbeiten, das waren die Gebote.

Oh, wie war das anstrengend für Dora, den niedergeschlagenen Peldron den ganzen Tag lang zu sehen; Peldron hier und Peldron dort, und nie jemand anderes. Aber es blieb auch nicht viel Zeit, um mit Peldron zu sprechen, denn Dora musste kochen (wie sie es zu Hause bei ihrer Mutter gelernt hatte), sie musste das Häuschen sauber halten, und wenn dann noch Zeit blieb, spann sie.

Peldron dagegen hackte in dem abgesperrten Garten Holz und grub die Erde um, und wenn ein Tagewerk erledigt war, flickte er Schuhe. Um sieben Uhr abends rief Dora ihn zum Essen, und danach waren sie beide so müde, dass sie dem alten Zwerg fast keine Antwort mehr geben konnten, wenn dieser abends kam, um ihre Arbeit zu kontrollieren. Eine Woche lang hielten sie dieses Leben aus; Dora lachte noch immer viel, aber sie begann doch, den Ernst des Lebens zu begreifen, und erkannte, dass es viele Menschen gab, die es sehr, sehr schwer haben, und dass es also bestimmt kein überflüssiger Luxus war, wenn man diesen

Menschen etwas abgab, statt sie mit einer ungezogenen Antwort zurechtzuweisen.

Und Peldron verlor etwas von seiner Traurigkeit, ja es geschah sogar, dass er leise während der Arbeit vor sich hin pfiff oder mit Dora über einen ihrer Scherze lachte.

Als der Sonntag gekommen war, durften sie alle beide mit dem alten Zwerg in die kleine Kapelle des Elfendorfs gehen, die immer gut besucht ist. Sie achteten nun viel besser auf die Worte des Zwergenpfarrers und fühlten sich beglückt, als sie durch den grünen Wald zurückwanderten. »Und weil ihr so brav gewesen seid, dürft ihr heute den Tag draußen verbringen wie früher, aber denkt daran – morgen geht es wieder an die Arbeit und nicht nach Hause oder zu anderen Familien, ihr bleibt zusammen!«

Keinem von beiden kam es in den Sinn zu murren, sie waren schon sehr froh darum, dass sie in den Wald durften; den ganzen Tag lang tanzten sie, sahen nach Vögeln, Blumen und nach dem blauen Himmel und vor allem nach der freundlichen warmen Sonne, und waren zufrieden.

Und abends kehrten sie auf Geheiß ihres Gebieters in das kleine Haus zurück und schliefen in einem Zug bis zum nächsten Morgen, um sich dann wieder an die Arbeit zu machen. Vier Monate lang ließ der alte Zwerg sie so zusammenbleiben; jeden Sonntag durften sie in die Kirche und dann nach draußen, und unter der Woche arbeiteten sie hart. Als die vier Monate um waren, nahm der alte Zwerg ein jedes bei der Hand und ging abends mit ihnen durch den Wald: »Schaut mal, meine Kinder, ich glaube, dass ihr oft sehr böse auf mich wart«, sprach er, »und ganz sicher sehnt ihr euch nach Hause, nicht wahr?« – »Ja«, nickte Dora, und »ja«, nickte auch Peldron.

»Aber versteht ihr auch, dass euer Aufenthalt hier gut für euch war?« Nein, das verstanden Dora und Peldron beide noch nicht so recht. »Nun, dann werde ich es euch erklären«, sprach der Zwerg weiter. »Ich habe euch hierher gebracht, um euch klar zu machen, dass es noch etwas anderes auf der Welt gibt als nur euer

Vergnügen und eure Traurigkeit. Ihr beide werdet nun in der Welt viel besser zurechtkommen als früher, bevor ihr hier wart. Doortje hat etwas mehr Ernst bekommen, und Peldron ist etwas fröhlicher geworden, dadurch, dass ihr gezwungen wart, aus eurem Aufenthalt das Beste zu machen. Ich glaube auch, dass ihr nun viel besser miteinander auskommen könnt, meinst du nicht, Peldron?

»Ja, ich finde Dora nun viel netter«, sagte der kleine Wicht.

»Dann dürft ihr nun wieder zu euren Eltern, und erinnert euch manchmal an den Aufenthalt in dem hölzernen Häuschen. Erfreut euch an all dem Schönen, das das Leben zu bieten hat, aber vergesst auch nicht das Traurige, und versucht selbst etwas dafür zu tun, den Kummer zu lindern. Alle Menschen können einander helfen; auch alle Elfen und Zwerge, und selbst solche kleinen Elfchen wie Dora und solche kleinen Zwerge wie Peldron können das. Also, nun geht eures Wegs und seid nicht mehr böse auf mich, ich habe getan, was ich für euch tun konnte, und es war zu eurem Nutzen. Guten Tag und auf Wiedersehen, Kinder!«

»Guten Tag«, sagten Dora und Peldron, und gingen schnell weg, jeder nach seinem Zuhause.

Der alte Zwerg setzte sich ins Gras und wünschte sich nur eines, nämlich dass er allen Menschenkindern so schnell auf den guten Weg helfen könnte wie diesen beiden.

Und wirklich, Dora und Peldron blieben ihr ganzes Leben lang zufrieden. Sie hatten ein für allemal gelernt, dass man lachen soll, und traurig sein, alles zu seiner Zeit. Und später, viel später, als sie schon erwachsen waren, wohnten sie aus freiem Willen zusammen in einem Häuschen, und Dora machte die Arbeit im Haus und Peldron auf dem Feld – so wie damals in ihrer Jugend!

Blurry, der Weltentdecker

[23. April 1944]

ALS BLURRY NOCH SEHR KLEIN WAR, hatte er eines Tages riesige Lust, einmal der Obhut seiner Bärenmutter zu entkommen und selber etwas von der großen Welt zu entdecken. Tagelang war er viel stiller als sonst, so eifrig war er dabei, seinen Plan auszuhecken. Aber am Abend des vierten Tages ›hatte‹ er es dann. Sein Plan stand fest und harrte nur noch der Ausführung. Er würde frühmorgens in den Garten gehen, so leise natürlich, dass Miesje, seine Besitzerin, es nicht bemerkte, dann würde er sich durch ein Loch in der Hecke winden und danach ... nun, danach würde er die Welt entdecken!

So machte er es – und so geräuschlos, dass niemand etwas von seiner Flucht merkte, bevor er schon einige Stunden unterwegs war.

Sein ganzes Fellchen war mit Erde und Schmutz verschmiert, als er unter der Hecke hervorkam, aber ein Bär und dazu noch ein kleiner Teddybär, der etwas von der Welt sehen will, wird sich wegen ein bisschen Dreck doch bestimmt nicht aufregen! Also, Augen geradeaus, um nicht über die holprigen Steine zu stolpern, marschierte Blurry sehr keck in Richtung der Straße, die man von dem kleinen Weg zwischen den Gärten hindurch erreichte. Auf der Straße angekommen, erschrak er einen Moment lang über die vielen großen Menschen, zwischen deren Beinen er ganz und gar verschwand. ›Ich muss mich ganz an der Seite halten, sonst rennen sie mich noch über den Haufen‹, sagte er zu sich, und das war auch tatsächlich das Vernünftigste. Ja, Blurry war ein vernünftiger Kerl, das verrät doch bereits die Tatsache, dass er, so klein er war, ganz allein die Welt entdecken wollte!

Also lief er ganz am Rande des Weges und passte auf, dass er nicht in den Menschenstrom hineingesogen wurde; aber auf einmal begann sein Herzchen wie von Hammerschlägen zu klopfen – was war das? Ein großer, schwarzer, düsterer Abgrund öffnete sich vor seinen Füßen, es war eine Luke, die in einen Keller führte, aber das wusste Blurry nicht und es wurde ihm schwindlig. Würde er etwa da hinein müssen? Ängstlich blickte er sich um, aber die behosten Herrenbeine und bestrumpften Damenbeine liefen alle ganz einfach um das dunkle Ding herum und taten, als sei nichts Gefährliches daran.

Noch nicht ganz vom Schreck erholt, ging Blurry, vorsichtig Fuß vor Fuß setzend, in derselben Richtung weiter, und schließlich konnte er wieder, wie zuvor, ganz nahe an der Mauer entlang gehen.

›Nun spaziere ich also in der großen Welt herum, aber wo ist denn diese Welt? Vor all den Strumpf- und Hosenbeinen kann ich sie überhaupt nicht sehen‹, grübelte Blurry, ›ich bin, glaube ich, zu klein, um die Welt entdecken zu können; aber das macht nichts, wenn ich älter bin, werde ich auch größer sein, und wenn ich Milch mit Haut trinke (schon bei dieser Vorstellung wurde ihm übel), werde ich sicher genauso groß wie alle die Menschen hier; also werde ich einfach weitergehen, auf irgendeine Weise bekomme ich die Welt schon zu Gesicht.‹

Blurry ging also weiter und ließ sich so wenig wie möglich von den vielen dicken und dünnen Beinen rings umher stören. Aber, musste er immer nur laufen? Er hatte sehr großen Hunger bekommen, und auf der Straße wurde es schon ein wenig dunkler. Daran hatte Blurry überhaupt nicht gedacht – dass er auch essen und schlafen musste. Er war zu sehr von seinen Entdeckerplänen erfüllt gewesen, als dass er an so etwas Gewöhnliches und wenig Heroisches wie Essen und Schlafen gedacht hätte.

Seufzend ging er noch ein Stückchen weiter, bis er auf eine offene Haustür stieß. Zögernd blieb er einen Moment stehen, fasste sich dann ein Herz und trat leise ein.

Er hatte Glück, denn als er durch eine weitere Tür gegangen war, sah er zwischen einem Ding mit vier hölzernen Füßen zwei Schalen stehen, eine mit Milch und Haut und die andere mit einer Art von Brei. Ausgehungert und gierig nach etwas so Leckerem, trank Blurry das Schälchen mit Milch in einem Zug aus und ließ sich, wie es sich für einen erwachsenen Bären gehört, durchaus nicht von der Haut abschrecken, dann verzehrte er auch den Brei und war satt und zufrieden.

Aber, o Schreck, was nahte da? Ein weißes Etwas mit großen grünen Augen näherte sich, ihn unentwegt anstarrend, in langsamem Gang. Dicht vor ihm hielt das Etwas an und fragte mit hoher Stimme: »Wer bist du, und warum hast du mein Essen verspeist?«

»Ich bin Blurry, und bei der Entdeckung der Welt brauche ich doch auch Nahrung, darum habe ich diese Speise aufgegessen, aber ich ahnte wirklich nicht, dass sie dir gehört, weißt du!«

»Ach so, du willst die Welt entdecken, aber warum hast du dir dann ausgerechnet mein Schälchen ausgesucht?«

»Weil ich kein anderes stehen sah«, antwortete Blurry so barsch, wie er nur konnte. Dann besann er sich und fragte mit etwas freundlicherer Stimme: »Aber wie heißt du denn, und was bist du für eine seltsame Sorte Mensch?«

»Ich bin Mirwa und gehöre zur Rasse der Angorakatzen, ich bin sehr wertvoll – sagt meine Herrin immer. Aber weißt du, Blurry, ich langweile mich oft so ganz alleine, willst du nicht ein wenig bei mir bleiben?«

»Ich will gern bei dir schlafen«, antwortete Blurry keck und mit einer Miene, als würde er der schönen Mirwa damit eine Gunst erweisen. »Aber morgen muss ich weiter, um die Welt zu entdecken!« Damit war Mirwa wohl fürs erste zufrieden: »Komm mit«, sagte sie, und Blurry folgte ihr in ein anderes Zimmer, wo er wieder nichts als Füße sah, Füße aus Holz, große, kleine, aber doch … da war noch etwas anderes; in einer Ecke stand ein großer geflochtener Korb, in dem ein, mit grüner Seide überzogenes Kissen lag.

Mirwa trat einfach mit ihren schmutzigen Pfoten auf das Kissen, aber Blurry fand es schade, alles so schmutzig zu machen. »Kann ich mich nicht erst ein bisschen reinlich machen?« fragte er. »Aber ja«, antwortete Mirwa, »ich werde dich waschen, so wie ich mich selbst auch wasche.«

Blurry war diese Methode absolut unbekannt, und das war auch gut so, denn andernfalls hätte er Mirwa ganz sicher nicht damit beginnen lassen. Nun befahl ihm die Katze, aufrecht zu stehen, und gelassen leckte sie mit ihrer Zunge über Blurrys Füße. Blurry schauderte und fragte besorgt, ob das Mirwas Art zu waschen war. »Ja«, antwortete sie, »du sollst mal sehen, wie sauber du wirst, du wirst glänzen, und ein glänzender Teddybär bekommt viel leichter überall Zugang und kann deshalb auch besser die Welt entdecken.«

Blurry unterdrückte also sein Schaudern soweit wie möglich, und als tapferer Bär zuckte er nicht weiter.

Mirwas Wäsche zog sich entsetzlich lange hin, Blurry wurde fast ungeduldig und bekam Schmerzen in den Beinen vom ewigen Stillstehen, aber endlich, endlich, glänzte er dann tatsächlich! Mirwa sprang wieder in den Korb, und Blurry, nun todmüde, legte sich vor sie hin. Mirwa deckte ihn praktisch mit ihrem eigenen Körper zu, denn sie legte sich fast ganz auf ihn. Es dauerte keine fünf Minuten, und alle beide waren eingeschlafen.

Am folgenden Morgen erwachte Blurry ganz erstaunt, und es dauerte ein Weilchen, bevor er sich besann, was da auf seinem Rücken lag. Mirwa schnarchte leise, und Blurry hatte Lust auf Frühstück. Und ohne sich um die Ruhe seiner gastfreundlichen Beschützerin zu kümmern, schüttelte er sie von sich ab und begann unumwunden zu befehlen: »Gib mir rasch mein Frühstück, Mirwa, ich habe fürchterlichen Hunger!«

Mirwa gähnte erst einmal lange, reckte sich dann, bis sie die doppelte Länge als gewöhnlich hatte und antwortete dann: »Nein, nun kann ich dir nichts mehr geben, mein Frauchen darf nicht merken, dass du hier bist, du musst so schnell wie möglich durch den Garten verschwinden!«

Mirwa sprang aus ihrem Korb, und Blurry musste hinterher, durch das Zimmer, durch die Tür und noch eine Tür, und zuletzt durch eine weitere, die aus Glas war, bis sie im Freien standen.

»Gute Reise, Blurry, und auf Wiedersehen!« Weg war sie.

Einsam und durchaus nicht mehr so von seinen Fähigkeiten überzeugt (eine Veränderung, die wohl über Nacht geschehen sein musste) ging Blurry durch den Garten und gelangte durch eine Lücke im Zaun auf die Straße. Wo sollte er nun hin, und wie lange würde es noch dauern, bis er die Welt entdecken konnte? Blurry wusste es nicht; sehr zögerlich trat er auf die Straße, als plötzlich ein großes vierfüßiges Ding in voller Fahrt um die Ecke flitzte. Es gab mächtige Töne von sich, sodass es in Blurrys Ohren dröhnte. Angstvoll drückte er sich so nah wie möglich gegen eine steinerne Hausmauer. Dicht vor ihm stoppte das Riesending und kam auf ihn zu. Vor Angst begann Blurry zu weinen, aber das störte das Monster überhaupt nicht, im Gegenteil, es setzte sich und tat nichts anderes, als das ›arme Bärchen‹ mit großen Augen anzustarren.

Blurry schlotterte, nahm dann plötzlich seinen ganzen Mut zusammen und fragte: »Was willst du denn von mir?«

»Ich will dich nur einmal ansehen, weil ich so was wie dich noch nie zu Gesicht bekommen habe!«

Blurry atmete auf, auch mit diesem Riesending konnte er also sprechen, merkwürdig war das, warum konnte *sein* Frauchen ihn dann nie verstehen? Viel Zeit, um über diese wichtige Frage nachzudenken, blieb nicht, denn das große Tier sperrte sein Maul weit auf und ließ alle Zähne blitzen. Blurry schauderte noch mehr als bei Mirwas Wäsche; was würde das unheimliche Ding nun mit ihm anfangen?

Das merkte er früher, als ihm lieb war, denn ohne zu fragen, schnappte ihn das Tier im Nacken, zwickte zu und schleppte ihn so durch die Straßen.

Weinen konnte Blurry nicht mehr, denn dann wäre ihm die Luft weggeblieben, schreien konnte er noch weniger; das einzige was er noch vermochte, war Zittern, was ihm kaum neuen Mut geben konnte.

Nun brauchte er also nicht mehr selbst zu laufen; wenn sein Nacken nicht so geschmerzt hätte, wäre das gar nicht so übel, gerade so, als ob man fahren würde – im Grunde gar nicht so arg. ›Oh, wie wird man schläfrig von diesem regelmäßigen Geschaukel! Wohin mag ich wohl fahren? Wo ..? Wohin ..?‹ Blurry war, immer noch festgehalten von dem großen Tier, eingeschlummert.

Aber das Schläfchen war nur von kurzer Dauer, denn das große Etwas wusste plötzlich nicht mehr, warum es überhaupt mit diesem Unding im Maul herumlaufen sollte. Achtlos ließ er Blurry, nachdem er ihm den Nacken ruiniert hatte, auf die Erde plumpsen und lief schnell weiter.

Da lag nun also der kleine, hilflose Bär, der die Welt erforschen wollte, ganz allein mit seinem Schmerz. Dann erhob er sich doch wieder, um nicht getreten zu werden, und sich die Augen reibend schaute er sich um.

Viel weniger Beine, weniger Mauern, viel mehr Sonne und weniger Steine unter den Füßen, ist das nun die Welt? Es war kaum Platz für Gedanken in seinem Kopf, dort drinnen klopfte und hämmerte es, er wollte nicht mehr weitergehen, wozu auch? Wohin sollte er sich wenden, Mirwa war weit weg, seine Mutter noch weiter und mit ihr seine Besitzerin, nein, da er nun einmal auf dem Weg war, musste er durchhalten, bis er die Welt erforscht hatte.

Erschreckt wandte er den Kopf um, denn er hörte Lärm hinter sich; es würde ihn am Ende auch noch ein anderes Tier beißen? Doch nein, es war ein kleines Mädchen, und es hatte Blurry entdeckt: »Sieh mal, Mami, ein Bärchen, darf ich es mitnehmen?« fragte sie ihre Mutter, die hinter ihr ging. »Nein, Kind, das ist ein hässlicher Bär, schau nur, er blutet!«

»Das ist doch nicht schlimm, das können wir zu Hause abwaschen; ich nehme ihn mit, dann habe ich später etwas zum Spielen.« Blurry konnte von den Worten nichts verstehen, denn seine Ohren verstanden nur die Tiersprache; aber das kleine Mädchen mit den blonden Haaren sah lieb aus, und darum sträubte er sich auch nicht, als sie ihn in ein Tuch packte und in eine Tasche setzte. So, hin und her schwingend, wurde Blurrys Reise durch die Welt fortgesetzt.

Nachdem sie ein Stückchen gegangen waren, wurde Blurry mit dem Tuch um sich gewickelt aus der Tasche geholt, und das Mädchen nahm ihn auf den Arm. Was für ein Glück, nun konnte er den Weg zum ersten Mal von oben sehen.

Welch eine Menge Ziegel sah er vor sich, und wie hoch sie waren, alle aufeinander geschichtet, und ab und zu mit einer weißen Öffnung darin. Und obendrauf, dort ganz am Himmel: Das war sicher zur Verzierung da – genau wie die Feder auf dem Hütchen seiner Herrin; und daraus kamen Fahnen von Rauch; sollte diese Feder etwa eine Zigarette in ihrem Mund haben, so eine kleine, die der Herr zu Hause auch immer in Rauch aufgehen ließ? Lustig war das! Aber über den Ziegeln war anscheinend noch mehr Raum, denn dort war es blau, aber sieh an, nun kam Bewegung hinein, etwas Weißes verdeckte, sich nähernd, das Blau, bis es genau über ihren Köpfen schwebte, doch dann trieb es immer weiter weg, und über dem hohen Rauchding war es dann wieder so blau wie zuvor.

Und dort unten tutete etwas und rannte sehr schnell, aber wo waren denn seine Pfoten oder Beine? Die gab es nicht, nur ein paar runde, aufgeblasene Dinger. Nun, es lohnte sich bestimmt, die Welt zu entdecken, denn was hat man davon, immer zu Hause zu sitzen, wozu ist man geboren? Sicher nicht, um immer nur bei seiner Mutter zu hocken! Sehen und Erleben, dafür wollte er groß werden. O ja, Blurry wusste genau, was er wollte.

Endlich, endlich machte das Mädchen vor einer Tür halt; sie gingen hinein, und das erste, was Blurry zu sehen bekam, war ein ähnliches Geschöpf wie Mirwa, Katze hieß es, wenn er sich recht erinnerte. Diese Katze strich um die Beine des blonden Mädchens, aber dieses schob sie weg und ging mit Blurry auf dem Arm zu etwas Weißem, das sein Frauchen auch zu Hause hatte, dessen Namen Blurry aber nicht kannte. Das Ding hing hoch über dem Boden, breit, weiß und glatt. An der Seite war etwas aus glänzendem Metall, an dem man drehen konnte, das tat das blonde Mädchen nun.

Blurry wurde auf eine große, harte und kalte Ebene gesetzt, und das Mädchen begann ihn zu waschen, vor allem seinen Nacken an der Stelle, an der ihn das hässliche Tier gepackt hatte; das tat sehr weh, und Blurry brummte auch arg, doch das kümmerte niemanden. Diese Art von Wäsche dauerte zum Glück nicht so lange wie diejenige, die Mirwa angewendet hatte, aber ... sie war viel kälter und nasser.

Das Mädchen war dann auch ziemlich bald mit ihm fertig, trocknete ihn ab, wickelte ihn in ein sauberes Tuch und steckte ihn in ein Bett auf Rädern, genau so eins, wie seine Herrin es auch für ihn benutzte. Warum jetzt ins Bett? Blurry war absolut nicht müde und wollte auch nicht ins Bett.

Kaum war also das Mädchen aus dem Zimmer, ließ er sich aus seiner Liegestatt gleiten, und durch eine Menge Türen und Öffnungen gelangte er schließlich wieder auf die Straße.

›Nun brauche ich unbedingt etwas zu essen‹, dachte Blurry und schnüffelte in die Luft; hier in der Gegend musste es etwas zu essen geben, denn man konnte es schon riechen; er folgte dem Geruch und stand bald vor der Tür, aus der der leckere Duft kam.

Zwischen den bestrumpften Beinen einer Dame hindurch schlüpfte er nach drinnen, in einen großen Laden. Hinter einem hohen Ungetüm standen zwei Mädchen, die ihn schon bald entdeckten. Beide mussten den ganzen langen Tag schwer arbeiten und konnten Hilfe gut gebrauchen; deshalb packten sie ihn sofort und brachten ihn in einen ziemlich dunklen, entsetzlich warmen Raum. Aber so schlimm war das nicht, die Hauptsache war ja, dass man dort essen konnte, soviel man wollte. Auf dem Boden und auf niedrigen Brettern ringsum lagen lange Reihen von Brötchen und Gebäck, so viel und so schön, wie Blurry es noch nie gesehen hatte. – Aber was hatte er bisher eigentlich schon gesehen? Ganz sicher nicht viel! – Gierig machte er sich über die Süßigkeiten her und aß so viel, dass ihm beinahe schlecht davon wurde. Dann schaute er sich noch einmal genauer um; da gab es wahrhaftig eine Menge zu sehen, dies schien das Schlaraffenland selbst zu sein. Überall Brote, Brötchen, Törtchen und Gebäck, griffbereit lagen sie da; es war hier übrigens viel Betrieb, eine Menge weißer Beine waren über ihm, und die sahen ganz anders aus, als die auf der Straße.

Viel Zeit, um zu träumen, blieb nicht; die Mädchen, die ihn aus einiger Entfernung beobachteten, drückten ihm einen großen Besen in die Hand und zeigten ihm, wie man damit umging. Den Boden fegen, das konnte Blurry natürlich, seine Mutter hatte es auch manchmal getan, wenn er dabei war. Wacker machte er sich an die Arbeit, aber das war gar nicht so einfach – denn der Besen war schwer, und der Staub – der kitzelte so in seiner Nase, dass er sogar davon niesen musste. Und es war so warm, dass ihm immer schwindliger von der ungewohnten Arbeit in der Hitze wurde, und wenn er ab und zu einen Moment Pause machte, kam sofort jemand, der ihn mit einem Klaps auf den Kopf zur Arbeit antrieb.

›Wäre ich bloß nicht so eilig hier hereingelaufen‹, sagte sich Blurry, ›dann wäre mir all diese unangenehme Arbeit erspart geblieben.‹ Aber nun half alles nichts, er musste fegen, und so fegte er.

Nachdem er endlos gekehrt hatte, so lange, bis der Schmutz zu einem großen Haufen zusammengefegt war, nahm ihn eines der Mädchen wieder an der Hand und führte ihn in ein Eckchen, wo einige lose, gelbe, harte Späne lagen. Sie legte ihn darauf, und Blurry begriff, dass er schlafen durfte. Behaglich, als sei es das allerschönste Bettchen, streckte Blurry sich aus und schlief, schlief bis zum nächsten Morgen.

Um sieben Uhr musste aufstehen, man ließ ihn von den Leckereien wieder so viel essen, wie er wollte, und schickte ihn erneut an die Arbeit. Armer Blurry, – von dem langen und ermüdenden gestrigen Tag war er noch nicht einmal komplett ausgeschlafen. Er war nicht daran gewöhnt zu arbeiten, und vor allem machte ihm die Hitze entsetzlich zu schaffen. Sein Köpfchen und seine Glieder schmerzten, und es schien, als ob alles an ihm anschwoll.

Zum ersten Mal begann er sich wieder nach Hause zu sehnen, nach seiner Mutter, seiner Besitzerin, seinem schönen Bett und dem bequemen Leben dort, aber ... wie konnte er nur dorthin gelangen? Ausbüchsen war hier unmöglich, denn man passte sehr genau auf, was er tat, und im Übrigen führte die einzige Tür, die es gab, in den Raum mit den beiden Mädchen. Die würden ihn dann am Ende doch noch aufhalten, auch wenn er es bis hierhin geschafft hätte.

Nein, Blurry musste abwarten!

Seine Gedanken waren wirr, er fühlte sich schwach und elend. Alles um ihn herum drehte sich, er setzte sich schnell, keiner ermahnte ihn. Als die Übelkeit vorüber war, ging er wieder ans Werk.

Man gewöhnt sich an alles, und so erging es auch Blurry mit der Arbeit, die er erledigen musste; nachdem er eine Woche lang von früh morgens bis spät abends mit dem Besen gekehrt hatte, kannte er schon fast nichts anderes mehr.

Kleine Bären vergessen schnell und das war auch gut so; doch seine Mutter und sein früheres Zuhause, das hatte er noch nicht vergessen, es schien nur so verschwommen und unerreichbar fern! Die beiden Mädchen, die den kleinen Bären festgesetzt hatten, lasen eines Abends folgende Notiz in der Zeitung: »Belohnung für das Zurückbringen eines kleinen braunen Bären, der auf den Namen ›Blurry‹ hört.«

»Ob das unser Bärchen ist?« fragten sie sich; »er arbeitet doch nicht gut, das kann man von so einem kleinen Tier auch nicht erwarten; wenn wir eine Belohnung für das Zurückbringen bekommen, haben wir vielleicht mehr davon.« So liefen sie schnell nach hinten in die Bäckerei und schrien: »Blurry!«

Blurry blickte von seiner Arbeit auf, hatte da jemand seinen Namen gerufen? Der große Besen fiel zu Boden, seine Ohren richteten sich auf. Die Mädchen kamen auf ihn zu, riefen nochmals: »Blurry!«

Schnell ging Blurry ihnen entgegen.

»Ja, er heißt Blurry, das merkt man sofort«, sagte das eine Mädchen zum anderen. »Wir bringen ihn noch heute Abend zurück.« Wie gut war das! Noch am selben Abend wurde Blurry im Hause seiner Besitzerin abgegeben, und die Mädchen bekamen ihre Belohnung.

Von seinem Frauchen bekam Blurry für seinen Ungehorsam eine Tracht Prügel und danach für das Zurückkommen einen Kuss. Seine Mutter fragte nur: »Blurry, warum bist du weggelaufen?«

»Ich wollte die Welt entdecken«, antwortete Blurry.

»Und, hast du sie entdeckt?«

»O, ich habe viel, ganz viel gesehen, ich bin ein sehr erfahrener Bär geworden!«

»Ja, das weiß ich, aber ich wollte wissen, ob du die Welt entdeckt hast?«

»Nein ... äh ... das eigentlich nicht, ich konnte die Welt nicht finden!

UNVOLLENDETES

ANNE FRANK plante akribisch einen Band mit Kurzgeschichten und Erzählungen aus dem ›Hinterhaus‹ und listete die Texte auf, die darin versammelt sein sollten. Die folgenden Erzählungen und Fragmente tauchen nicht im Inhaltsverzeichnis dieses geplanten Sammelbandes auf – vielleicht weil Anne sie noch überarbeiten oder erst noch vollenden wollte.

Die Fee

[12. Mai 1944, drei Monate vor der Verhaftung]

DIE FEE, von der ich spreche, war keine gewöhnliche Fee, etwa wie jene, die im Märchenland zu finden sind. O nein, meine Fee war eine ganz besondere Fee, außergewöhnlich in ihrem Äußeren und außergewöhnlich in ihrer Art zu handeln. Warum, wird nun jeder fragen, war diese Fee so außergewöhnlich?

Nun, weil sie nicht hier ein wenig half und dort ein bisschen Freude stiftete, sondern weil sie es sich zum Ziel gemacht hatte, Welt und Menschen rundum glücklich zu machen.

Der Name dieser besonderen Fee war Ellen. Ihre Eltern waren gestorben, als sie noch sehr klein war, hatten ihr aber viel Geld vermacht. Ellen konnte also schon als kleines Mädchen alles tun, was sie wollte, und alles kaufen, was ihr gefiel. Andere Kinder, Feen oder Elfchen wären dadurch verwöhnt geworden, aber weil Ellen schon immer so außergewöhnlich war, wurde sie ganz und gar nicht anspruchsvoll!

Als sie älter wurde, hatte sie noch immer viel Geld, und sie benutzte es zu nichts anderem, als sich schöne Kleider zu kaufen oder lecker zu essen.

Eines Morgens erwachte Ellen, und während sie noch in ihrem weichen Bettchen lag, dachte sie darüber nach, was sie mit all diesem Geld anfangen sollte. ›Für mich selbst kann ich es doch nicht alles aufbrauchen, und in mein Grab kann ich es auch nicht mitnehmen, also, warum sollte ich eigentlich nicht andere Menschen mit dem Geld glücklich machen?‹

Ein guter Plan war das, und Ellen wollte dann auch sofort mit der Ausführung beginnen. Sie stand auf, zog sich an, nahm ein geflochtenes Körbchen, tat aus einem Geldbündel ein wenig in das Körbchen und verließ ihre Wohnung. ›Wo fange ich nun an?‹ fragte sie sich, ›warte, ich weiß schon, die Witwe des Holzhackers wird über meinen Besuch glücklich sein. Ihr Mann ist vor Kurzem erst gestorben, und die arme Frau hat es sicher sehr schwer.‹

Singend hopste Ellen durch die Wiesen und klopfte an die Türe der Holzhackerhütte. »Herein«, sagte drinnen eine Stimme. Ellen öffnete behutsam die Türe und steckte den Kopf hinein. In der dunklen Kammer saß in der äußersten Ecke ein kleines altes Frauchen strickend in einem wackligen Lehnstuhl. Sie war völlig überrascht, als Ellen hereinkam und sogleich eine Handvoll Geld auf den Tisch legte. Der Frau war ebenso wie allen anderen bekannt, dass man Gaben von Feen und Elfen immer ohne Sträuben annehmen muss; darum sagte sie beglückt: »Das ist sehr lieb von dir, Kleine, es gibt nicht viele Menschen, die freiwillig etwas geben, aber die Bewohner des Märchenlandes machen davon glücklicherweise eine Ausnahme.«

Ellen sah sie überrascht an: »Was meinen Sie damit?« fragte sie. »Nun, ich meine, dass es nicht viele Menschen gibt, die etwas weggeben, ohne etwas anderes dafür haben zu wollen.« »Wirklich? Aber warum sollte ich etwas von Ihnen haben wollen, ich bin wirklich froh, dass mein Körbchen ein wenig leichter geworden ist.«

»Dann ist es gut, ich danke dir herzlich!«

Ellen verabschiedete sich und ging weiter. Nach zehn Minuten erreichte sie die nächste Hütte, auch hier klopfte sie an, obwohl sie die Menschen gar nicht kannte. Gleich nachdem sie die Tür geöffnet hatte, merkte Ellen, dass hier kein Geld gebraucht wurde. Die Menschen, die hier wohnten, waren nicht arm an Hab und Gut, aber wohl arm an Glück.

Die Frau empfing sie zwar auch freundlich, aber sie war gar nicht frohgemut, ihre Augen waren glanzlos, und sie sah bedrückt aus.

Ellen beschloss, hier etwas länger zu bleiben. ›Vielleicht kann ich dieser Frau auf anderer Weise helfen‹, dachte sie, und wirklich, als die kleine, liebenswerte Fee auf einem Kissen Platz nahm, begann die Frau von alleine von ihrem Unglück zu berichten. Sie sprach von ihrem schlechten Mann, von den ungezogenen Kindern, von allem, was ihr das Leben schwer machte; und Ellen hörte zu, fragte ab und zu etwas und nahm sehr Anteil an all dem Unglück. Als die Frau endlich zu Ende gesprochen hatte, verstummten beide für ein Weilchen, aber dann sagte Ellen:

»Liebe Frau«, sagte sie, »ich habe so einen Kummer selbst noch nie erlebt, ich habe in diesen Dingen ja auch keine Erfahrung, und noch weniger weiß ich, wie man dir helfen kann, aber einen Rat, dem ich selbst folge, wenn ich so einsam und traurig bin wie du, will ich dir doch geben: Gehe einmal an einem ruhigen und schönen Morgen durch den Wald, du weißt, jenen Wald, an dessen Rand die große Heide beginnt. Wenn du ein Stück durch die Heide gelaufen bist, setze dich irgendwo auf die Erde und tu nichts, schau nur zum Himmel und nach den Bäumen – dann wirst du ganz gelassen werden, und plötzlich ist da nichts mehr, was so grenzenlos elend wäre, dass ihm nicht abgeholfen werden könnte.

»Ach nein, Fee, das wird wohl genauso wenig helfen wie alle die anderen Mittelchen, die ich schon probiert habe.«

»Probier' es nur einmal«, drängte Ellen, »allein mit der Natur, das weiß ich ganz genau, fällt alles Traurige von dir ab. Du wirst ruhig und froh und fühlst, dass Gott dich nicht verlassen hat, wie du lange dachtest.«

»Wenn ich dir damit eine Freude machen kann, werde ich es versuchen«, antwortete die Frau daraufhin.

»Gut, dann gehe ich nun weiter und komme nächste Woche zur gleichen Zeit zurück.«

So ging Ellen fast in jedes Haus, machte die Menschen froh, und am Ende des langen Tages war ihr Korb leer und ihr Herz voll, weil sie das Gefühl hatte, dass sie nun endlich ihr Geld und ihre Gaben gut angelegt hatte, viel besser als für teure Kleider.

Von nun an ging Ellen oft weg, mit ihrem Körbchen am Arm, ihrem gelb geblümten Kleid, ihren mit einem langen Band zusammengebunden Haaren. So traf sie die Menschen und machte sie alle froh.

Auch die Frau, die genug Geld, aber noch mehr Kummer hatte, war viel fröhlicher geworden, Ellen hatte es ja gewusst: Ihr Mittel half immer!

Durch all diese Besuche gewann Ellen viele Freunde und Freundinnen, nicht Elfen und Feen, sondern einfache Menschenkinder.

Die erzählten ihr von ihrem Leben. So bekam Ellen sehr viel Erfahrung, und schnell wusste sie auf jede Sorge eine passende Antwort zu finden.

Aber was ihr Geld betraf, hatte sie sich doch ein wenig verrechnet, denn schon nach einem Jahr war all das Überzählige verbraucht. Nun hatte sie gerade genug, um davon zu leben.

Wer jetzt denkt, dass Ellen betrübt war oder in Zukunft nichts mehr verschenkte, der täuscht sich; Ellen schenkte weiter, kein Geld, aber guten Rat und liebevolle Worte.

O ja, Ellen hatte gelernt, dass, auch wenn man als letzter einer großen Familie übrig geblieben ist, man doch sein Leben zu etwas Beglückendem machen kann und, wie arm man auch sei, andere doch immer noch an den inneren Reichtümern teilhaben lassen kann.

Als Ellen als sehr alte Fee starb, hörte man so viel Weinen, wie noch nie zuvor auf dieser Welt. Aber Ellens Geist war nicht tot, und wenn die Menschen schliefen, kam sie oft zurück und gab ihnen schöne Träume, sodass sie im Schlaf doch noch Gutes von der außergewöhnlichen Ellen empfingen.

Riek

[Undatiert]

ES WAR VIERTEL NACH VIER, als ich durch eine recht beschauliche Straße schlenderte und gerade beschloss, zum Konditor in der Nähe zu gehen, als aus einer Seitenstraße zwei lebhaft schwatzende Backfische herankamen, die, eng Arm in Arm, in dieselbe Richtung gingen wie ich.

Es ist gelegentlich für andere Menschen interessant und reizvoll, dem Geplauder von zwei Teenagern zu lauschen, nicht nur weil sie wegen der geringsten Kleinigkeit lachen, sondern dieses Lachen ist auch so ansteckend, dass jeder in der Nähe unwillkürlich mitlachen muss.

So ging es auch mir. Hinter den beiden Freundinnen her gehend, lauschte ich dem Gespräch, das sich diesmal um den Kauf einer Süßigkeit für einen Groschen drehte. Angeregt beratschlagten sie, was sie denn nun für das Geld kaufen sollten und genossen schon jetzt, sich gegenseitig das Leckerste vorzuschlagen. Als die beiden den Konditor erreicht hatten, setzten sie ihre Auswahl vor dem Schaufenster fort, und da ich hinter ihnen die Köstlichkeiten ebenfalls musterte, wusste ich schon ehe sie den Laden betraten, was sie wählen würden.

Drinnen waren nicht viele Leute, und die beiden Mädchen waren gleich an der Reihe. Sie hatten sich für zwei große Törtchen entschieden, die sie, Wunder über Wunder, noch unberührt aus dem Laden brachten. Eine halbe Minute danach hatte auch ich meins gekauft und sah die beiden wieder laut redend vor mir herlaufen.

An der nächsten Ecke war ein weiteres Konditorgeschäft, vor dessen Fenster ein kleines Mädchen stand und mit begehrlichen Augen die Leckereien vor sich betrachtete.

Die zwei glücklichen Besitzer der Törtchen hielten bei dem Mädchen an, um auch hier die Auslagen zu betrachten und kamen dabei mit dem armen Kind ins Gespräch. Ich erreichte die Ecke, als sie schon eine Weile miteinander redeten, und schnappte deshalb nur den Rest des Gesprächs auf.

»Ach, hast du solchen Hunger?« fragte einer der Backfische die Kleine. »Hättest du auch gerne so ein Törtchen?« Die Kleine nickte zustimmend mit dem Kopf.

»Sei doch nicht verrückt, Riek« rief das zweite Mädchen. »Steck, so wie ich, dein Törtchen schnell in den Mund. Wenn du es diesem Kind gibst, hast du nichts mehr davon!«

Riek sagte nichts und sah unentschlossen von dem Törtchen zu dem Kind. Dann gab sie dem Kind plötzlich das Törtchen und sagte lieb: »Bitte, iss nur auf, ich bekomme heute Abend sowieso wieder Essen! Und bevor sich die Kleine bedanken konnte, waren die beiden Freundinnen schon wieder verschwunden. Auch ich ging weiter, und als ich bei der Kleinen, die ihr Törtchen schmauste, vorüberging, sagte sie zu mir: »Möchtest du einmal probieren, Fräulein, ich hab es geschenkt bekommen?« Ich dankte ihr und ging lachend weiter.

Wer, denkt ihr, mag wohl die meiste Freude an dieser Sache gehabt haben: Riek, ihre Freundin oder die arme Kleine?

Ich denke doch Riek!

Joke

[Undatiert]

JOKE STEHT AM OFFENEN FENSTER ihres Zimmerchens und atmet tief die frische Luft ein. Ihr ist warm, und ihrem verweinten Gesichtchen tut es gut, eine frische Brise zu bekommen. Ihre Augen wandern höher und höher, bis sie endlich zu den Sternen und zum Mond aufblickt.

›Oh‹, denkt Joke, ›ich kann nicht mehr, nicht einmal mehr traurig kann ich sein. Paul hat mich im Stich gelassen, nun bin ich allein, vielleicht für immer; ich kann nicht mehr, ich kann nichts mehr, ich weiß nur, dass ich so verzweifelt bin.‹

Und während Joke hinausblickt, immer nur die Natur sieht, die sich ihr an diesem Abend so wunderbar offenbart, wird sie ruhig. Ein Windstoß nach dem anderen fährt durch die Bäume vor dem Haus, der Himmel ist dunkel und die Sterne verbergen sich hinter großen, dicken Wolken, die bei dieser Beleuchtung aussehen wie Ballen von Löschpapier, die alle möglichen Gestalten annehmen, und mit einem Mal fühlt Joke, dass sie überhaupt nicht mehr verzweifelt war, dass sie noch etwas kann und dass ihr niemand ihr eigenes Glück tief in ihrem Inneren wegnehmen kann.

»Niemand kann das«, flüstert sie, ohne sich dessen bewusst zu sein. »Auch Paul nicht.« Nach einer Stunde am Fenster ist Joke geheilt; wohl ist sie noch traurig, aber nicht mehr verzweifelt. Und jeder, der nur lange und tief genug die Natur und damit auch sich selbst erblickt, wird sich genau wie Joke von jeder Verzweiflung frei machen.

Warum?

[Undatiert]

DAS WORT ›WARUM‹ lebt und wächst mit mir gemeinsam seit ich ein kleines Kind war und noch nicht einmal richtig sprechen konnte.

Wie man weiß, fragen kleine Kinder nach allen Dingen, weil ihnen fast alles noch unbekannt ist. Bei mir war das besonders stark der Fall, und nicht nur damals, auch in späteren Jahren konnte ich nie davon ablassen, alle Dinge bis ins Genaueste wissen zu wollen.

An sich ist das nicht so schlimm, und ich kann auch nur sagen, dass meine Eltern meine Fragen immer sehr geduldig beantworteten, bis ... ich auch Fremden damit auf die Nerven ging, und andere Menschen konnten ›dieses lästige Kindergefrage‹ meist nicht ausstehen.

Ich gebe zu, dass es sicher lästig sein kann, aber ich tröstete mich immer mit dem Gedanken, dass man durch Fragen klug wird – eine Redensart, die aber nicht wirklich stimmen kann, denn sonst hätte ich es schon lange zum Professor bringen müssen.

Als ich älter wurde, leuchtete mir ein, dass man längst nicht jedem alle Fragen stellen kann, und dass es sehr viele ›Warums‹ gibt, auf die keiner eine Antwort hat.

In Folge dessen versuchte ich, mir selbst weiterzuhelfen, indem ich über meine eigenen Fragen nachdachte. Und ich machte die bedeutsame Entdeckung, dass Fragen, die man nun einmal nicht in der Öffentlichkeit erörtern kann oder darf, oder Fragen, die man nicht recht in Worte fassen kann, ganz gut von Innen gelöst werden können.

So hat mich eigentlich das Wort ›Warum‹ nicht nur das Fragen, sondern auch das Denken gelehrt.

Nun zum zweiten Teil des Wörtchens ›Warum‹. Wenn jeder sich bei allem, was er tut, zuerst einmal fragen würde ›Warum‹, ich glaube, die Menschen wären dann viel, viel besser und ehrlicher. Denn man kann sehr einfach gut und ehrlich werden – indem man nämlich nie damit aufhört, sich selbst zu prüfen.

Das Feigste, was ich mir bei einem Menschen vorstellen kann, ist, dass er sich seine Fehler und Laster (die doch jeder Mensch hat) nicht eingesteht. Das gilt sowohl für Kinder als auch für Erwachsene, in diesem Fall macht das keinen Unterschied. Die meisten Menschen denken wohl, dass Eltern ihre Kinder erziehen und versuchen müssten, ihren Charakter so gut wie möglich zu formen, aber das stimmt ganz und gar nicht.

Von klein auf müssen Kinder sich selbst erziehen und selbst versuchen, Charakter auszubilden. Viele werden das jetzt absurd finden, zu unrecht; ein Kind, so klein es auch sein mag, ist doch schon ein Persönchen mit eigenem Gewissen. Indem man dem Kind zu begreifen hilft, dass sein eigenes Gewissen der härteste Richter ist, erzieht man es.

Wenn Kinder vierzehn oder fünfzehn Jahre alt sind, ist jede Strafe lächerlich, denn so ein Kind weiß genau, dass niemand, auch nicht die eigenen Eltern, es durch Strafe beeinflussen oder schmerzen können. Durch Reden und indem man das Kind sich auf das ›Warum‹ besinnen lässt, wird man viel schneller Besserung erreichen als mit den härtesten Strafen.

Aber ich wollte hier keine pädagogischen Ratschläge geben, ich wollte nur sagen, dass bei jedem Kind und jedem Menschen das Wort ›Warum‹ eine große Rolle spielt und auch spielen muss. Das ›Durch Fragen wird man klug‹ stimmt dann wohl doch insofern, als es zum Nachdenken führt, und vom Denken kann nie jemand schlechter, sondern umgekehrt, nur besser werden.

Wer ist interessant?

[Undatiert]

LETZTE WOCHE saß ich im Zug; ich war auf dem Weg zu meiner Tante nach Bussum und hatte vor, mich wenigstens noch im Zug zu amüsieren, denn die Aussicht, eine Woche lang die Gesellschaft von Tante Josephine ertragen zu müssen, war alles andere als amüsant.

So saß ich also mit diesem Vorhaben im Zug, hatte aber kein Glück, denn meine Mitreisenden sahen im ersten Moment weder interessant noch amüsant aus. Eine kleine alte Frau, die mir gegenüber saß, war zwar um mich besorgt, aber keineswegs amüsant, und der vornehme Herr neben ihr, der durch nichts von seiner Zeitung abzuhalten war, ebenso wenig, auch die Bäuerin auf der anderen Seite schien nicht für einen fröhlichen Schwatz geeignet, und dennoch hatte ich mir vorgenommen, mich zu amüsieren, und das würde ich auch tun.

Zur Not müsste ich jemandem auf die Nerven gehen, die Schuld würde ich dann schon der knochigen Tante Josephine in die Schuhe schieben. Während ich schon seit einer Viertelstunde mit diesem Plan da saß, und bestimmt genauso wenig amüsant wie meine Abteilgenossen aussah, hielt der Zug am ersten Bahnhof, und zu meiner großen Freude stieg ein Herr von ungefähr 30 Jahren ein, der zwar nicht amüsant, aber dennoch interessant aussah.

Häufig meinen Frauen, dass junge Männer mit grauen Schläfen interessant seien, und ich hatte an der Wahrheit dieser Behauptung nie gezweifelt. Nun würde ich also einmal so einen interessanten Mann auf die Probe stellen und hatte vor, es ihm dabei auf keinen Fall zu leicht machen.

Die große Frage war: Wie finde ich das Interessante an dem Interessanten heraus? Es war bestimmt schon wieder eine Viertelstunde verflogen, als ich plötzlich auf ein ganz simples und sicherlich schon oft gebrauchtes Mittel kam, ich ließ nämlich einfach mein Taschentuch fallen, und wirklich, die Wirkung war phantastisch.

Nicht nur, dass der interessante Herr sehr galant (es gehört sich auch nicht anders, nicht wahr?) mein Taschentuch vom schmutzigen Boden aufhob, sondern er nutzte auch von sich aus sofort die Gelegenheit, mit mir ins Gespräch zu kommen.

»Na Fräulein«, begann er sehr freimütig, natürlich mit gedämpfter Stimme, denn die übrigen Mitfahrer brauchten nicht alles zu hören, »hier haben Sie Ihr Eigentum zurück, aber im Tausch für das Taschentuch würde ich gerne Ihren Namen wissen!«

Ehrlich gesagt fand ich den Mann ziemlich dreist, aber da ich mich auf jeden Fall amüsieren wollte, antwortete ich in demselben Ton und sagte: »Aber natürlich mein Herr, ich bin Fräulein van Bergen.«

Er sah mich vorwurfsvoll an und fragte schmeichelnd: »Aber verehrtes Fräulein, ich würde sehr gerne Ihren Vornamen erfahren!«

»Nun, dann Hetty«, antwortete ich. »So, Hetty«, wiederholte mein Nachbar, und dann redeten wir ein bisschen über dies und das, aber ich konnte das Gespräch beim besten Willen nicht interessanter gestalten und erwartete das eigentlich von einem Mann, der für die Welt als interessant galt.

Am nächsten Bahnhof stieg der Herr auch schon aus und ich war mehr als enttäuscht.

Auf einmal kam jedoch die alte Frau aus ihrer Ecke hervor und begann sich mit mir zu unterhalten. Sie erzählte so witzig und interessant, dass die Zeit im Fluge verging, und schneller als ich geglaubt hatte, war ich am Reiseziel angekommen.

Ich bedankte mich bei der interessanten Frau und habe gelernt, dass der Ruf interessanter Männer sich nur auf das Äußere bezieht.

Achten Sie, wenn Sie sich wie ich auf einer Reise oder etwas anderem amüsieren wollen, auch auf alte oder unansehnliche Menschen. Diese werden Ihnen viel eher zur gewünschten Ablenkung verhelfen als Herren, denen der Dünkel ins Gesicht geschrieben steht.

Cadys Leben

[Undatiert]

Kapitel I

A<small>LS</small> C<small>ADY</small> <small>IHRE</small> A<small>UGEN</small> <small>ÖFFNETE</small>, war das erste, was sie wahrnahm, dass alles um sie herum weiß war. Das letzte, an das sie sich deutlich erinnern konnte, war, dass jemand sie rief ... dann ein Auto, dann fiel sie ... und dann war alles dunkel. Sie fühlte nun einen stechenden Schmerz im rechten Bein und im linken Arm, und, ohne es zu wissen, stöhnte sie leise. Sogleich beugte sich ein freundliches Gesicht das unter einer weißen Haube hervorblickte, über sie.

»Tut es sehr weh, Kleines? Erinnerst du dich daran was dir passiert ist?« fragte die Schwester.

»Da war nichts ...«

Die Schwester lächelte. Dann sprach Cady mühsam weiter: »Doch ... ein Auto, ich bin gefallen ... dann nichts mehr!«

»Dann sag mir noch, wie du heißt, dann können deine Eltern herkommen und brauchen nicht länger in Unruhe zu bleiben!«

Cady erschrak sichtlich. »Aber ... aber, aber äh ...«, mehr brachte sie nicht heraus.

»Du brauchst nicht erschrecken, deine Eltern warten noch nicht sehr lange auf dich, du bist erst seit einer guten Stunde bei uns.« Cady gelang, wenn auch mühsam, ein kleines Lächeln. »Ich heiße Caroline Dorothea van Altenhoven, kurz Cady genannt, und wohne Zuider Amstellaan 261.«

»Sehnst du dich nach deinen Eltern?«

Als Antwort nickte Cady. Sie war so müde, und alles tat so weh; noch ein Seufzer und sie schlief ein.

Schwester Ank, die neben dem Bett in dem kleinen weißen Zimmer wachte, sah beunruhigt nach dem bleichen Gesichtchen, das dort so friedlich, als sei nichts geschehen, auf dem Kissen lag. Und ob etwas geschehen war! Cady war unter ein

Auto gekommen, das gerade um die Ecke fuhr, als sie über die Straße gehen wollte. Wie der Doktor gleich vermutete, hatte Cady tatsächlich einen doppelten Beinbruch, der linke Arm war gequetscht, und irgendetwas stimmte auch nicht mit de linken Fuß.

Leise klopfte es an der Tür; eine Schwester ließ eine Dame mittlerer Größe, gefolgt von einem besonders langen und adretten Herrn, herein. Schwester Ank stand auf; das mussten Cadys Eltern sein. Frau van Altenhoven war sehr blass und sah mit ängstlichen Augen zu ihrer Tochter. Diese merkte nichts davon; sie schlief noch immer ruhig vor sich hin.

»Oh Schwester, sagen Sie mir, was ihr geschehen ist, wir haben so auf sie gewartet, aber dass ihr ein Unglück zugestoßen ist ... nein, nein ... «

»Beunruhigen Sie sich nicht zu sehr, meine Dame, Ihr Töchterchen ist schon aus der Bewusstlosigkeit erwacht.« Schwester Ank erzählte, was sie selbst von dem Vorfall wusste, und während sie es viel harmloser darstellte, als es war, fühlte sie sich selbst auch leichter und froher werden. Vielleicht würde doch noch Besserung eintreten!

Während die Erwachsenen so standen und redeten, wachte Cady auf, und als sie ihre Eltern im Zimmer sah, fühlte sie sich plötzlich viel kränker als vorher, als sie mit der Schwester allein gewesen war. Nun drehten sich ihre Gedanken; von allen Seiten kamen Gräuelbilder auf sie zu, sie sah sich für immer als Krüppel ... mit nur einem Arm – und noch jede Menge anderer Schreckensbilder tauchten auf.

Frau van Altenhoven hatte inzwischen bemerkt, dass Cady wach war, und kam ans Bett.

»Schmerzt es sehr? Wie geht es dir jetzt? Soll ich bei dir bleiben? Brauchst du etwas?«

Es war Cady unmöglich, auf alle diese Fragen zu antworten. Sie nickte nur und dachte sehnsüchtig an den Augenblick, an dem all dieses Gerede wieder weg sein würde.

»Vater!« war das einzige, was sie sagen konnte.

Herr van Altenhoven setzte sich auf den Rand des großen, eisernen Bettes und nahm, ohne etwas zu sagen oder zu fragen, die gesunde Hand seines Töchterchens in die seine. »Dank dir, dank dir sehr ...« mehr brachte Cady nicht heraus, sie schlief wieder ein.

Kapitel II

Eine Woche war nun seit dem Unglück vergangen. Jeden Morgen und Mittag kam ihre Mutter zu Cady, aber sie durfte nicht lange bleiben, weil sie mit ihrem pausenlosen, nervösen Gerede Cady sehr ermüdete; und die Schwester, die sie immer pflegte, merkte recht gut, dass Cady viel mehr auf ihren Vater als auf ihre Mutter wartete. Im Übrigen hatte die Schwester wenig Mühe mit der ihr anvertrauten Patientin; obwohl Cady oft große Schmerzen haben musste, vor allem, wenn der Doktor sie behandelte, klagte sie nie und war auch nie unzufrieden.

Am liebsten lag sie still da und träumte vor sich hin, wenn Schwester Ank mit einem Buch oder einer Strickarbeit am Bett saß. Nachdem Cady die ersten Tage überstanden hatte, schlief sie weniger, sondern unterhielt sich gern ein wenig, und mit niemandem konnte sie das so gut wie mit Schwester Ank. Diese war ruhig und sprach immer leise; ihre Sanftmut war es, die Cady so mochte. Dieses Liebevolle und Mütterliche hatte sie, wie ihr mit einem Mal klar wurde, immer vermisst. Nach und nach entstand eine vertraute Atmosphäre zwischen der Schwester und Cady.

Als zwei Wochen vergangen waren und Cady ihr schon viel erzählt hatte, fragte Schwester Ank eines Morgens vorsichtig nach Cadys Mutter. Cady hatte diese Frage erwartet, und sie war froh, einmal jemandem ihre Gefühle anvertrauen zu können. »Warum fragen Sie das, ist Ihnen vielleicht aufgefallen, dass ich nicht nett zu Mutter war?«

»Nein, das nicht, aber mir kommt es so vor, als würdest du deiner Mutter anders und kühler gegenüberstehen als deinem Vater.«

»Das haben Sie gut gesehen, ich kann für meine Mutter keine echte Wärme empfinden, und das hat mir schon viel Kummer gemacht. Mutter ist so verschieden von mir; das allein wäre nicht so schlimm, aber sie steht auch den Dingen, die mir wichtig sind und die mir sehr am Herzen liegen, ziemlich verständnislos gegenüber. Können Sie mir nicht helfen, Schwester Ank, und mir sagen, wie ich mein Verhältnis zu meiner Mutter verbessern kann, damit sie nicht so deutlich merkt, dass ich sie nicht so lieben kann wie Vater? Dass Mutter mich, ihr einziges Kind, sehr liebt, weiß ich ja!«

»Deine Mutter meint es schon gut, ich glaube nur, sie kann den rechten Ton nicht treffen; vielleicht ist sie auf gewisse Weise dir gegenüber unsicher?«

»O nein, das ist es nicht. Mutter glaubt, dass ihre Haltung als Mutter vorbildlich ist, sie wäre sprachlos vor Staunen, wenn ihr jemand sagen würde, dass sie mir gegenüber einen falschen Ton anschlägt. Mutter zweifelt nicht daran, dass der Fehler ausschließlich bei mir liegt. Schwester Ank, Sie sind genau die Mutter, die ich gerne hätte. Ich sehne mich so nach einer *richtigen* Mutter, und diesen Platz wird sie, meine eigene Mutter, niemals einnehmen können. Kein Mensch auf der Welt hat alles, was er sich wünscht, obwohl die meisten Menschen von mir denken, dass es mir an nichts fehlt. Ich habe ein gemüt-liches Zuhause, Vater und Mutter verstehen sich gut, ich bekomme alles, was ich nur wünschen kann, und doch: ist eine gute, einfühlsame Mutter in einem Mädchenleben nicht sehr, sehr wichtig? Oder gilt das vielleicht nicht nur für ein Mädchen-leben? Was weiß ich vom Denken und Fühlen der Jungs. Ich habe nie einen Jungen näher kennengelernt. Sie haben bestimmt dasselbe Bedürfnis nach einer einfühlsamen Mutter, vielleicht nur auf eine andere Art. Nun weiß ich plötzlich, was

Mutter fehlt, sie hat kein Feingefühl. Über die heikelsten Dinge spricht sie so grob, sie kapiert nichts von dem, was in mir vorgeht und sagt doch immer, dass sie sich für die Jugend interessiere. Sie hat keine Ahnung, was Geduld und Milde sind; sie ist eine Frau, aber keine echte Mutter!«

»Urteile nicht zu hart über deine Mutter, Cady, sie ist vielleicht auch anders, aber hat viel durchgemacht, und darum will sie vielleicht alle heiklen Dinge, die sie beunruhigen könnten, vermeiden?«

»Das weiß ich nicht; was weiß eine Tochter schon vom Leben ihrer Eltern? Vom Leben ihrer Mutter? Erzählt sie ihr davon? Gerade weil ich Mutter nicht verstehe und sie mich nicht, war ja nie Vertrauen zwischen uns.«

»Und Vater, Cady?.

»Vater weiß, dass Mutter und ich nicht miteinander auskommen. Er versteht uns beide, Mutter und mich. Er ist wundervoll, Schwester, er versucht mir vieles zu ersetzen, was mir Mutter nicht ist. Nur ist er ängstlich, darüber zu sprechen und geht allen Gesprächen aus dem Weg, die sich um Mutter drehen könnten. Ein Mann kann vieles, aber eine Mutter kann er nie ersetzen!«

»Ich würde dir gern widersprechen, aber ich kann es nicht, Cady, denn ich weiß, dass du recht hast. Ich finde es sehr schade, dass ihr beide euch mit solchem Abstand gegenüber steht, statt nah beieinander zu sein. Glaubst du, dass sich das nie verbessern wird, auch nicht, wenn du älter bist?«

Cady zog kaum merklich die Schultern hoch. »Schwester, mir fehlt eine Mutter so sehr. Ich hätte so gern jemanden, dem ich volles Vertrauen schenken kann, und der mir auch vertraut!«

Schwester Ank blickte sehr ernst, und Cady schwieg. »Lass uns nun nicht weiter darüber sprechen, Kind, aber ich finde es sehr gut, dass du mir das alles über deine Mutter anvertraut hast.«

Kapitel III

Die Wochen verstrichen für Cady ziemlich eintönig. Sie bekam oft Besuch von Bekannten und Freunden, aber den größten Teil des Tages war sie doch allein. Ihr Zustand war nun insoweit besser, als sie sich aufsitzen durfte und lesen konnte. Sie hatte nun ein Betttischchen, und ihr Vater schenkte ihr ein Tagebuch; nun saß sie oft und schrieb ihre Gefühle und Gedanken auf. Niemals hatte sich Cady vorstellen können, dass das so viel Zerstreuung und Freude bringen kann.

Das Leben in so einem Krankenhaus ist recht eintönig. Jeder Tag verläuft gleich, alles geht nach der Uhr, niemals etwas Unerwartetes. Auch so still war alles, und Cady, die in ihrem Arm und Bein keine Schmerzen mehr fühlte, hätte sich etwas mehr Trubel und Leben ringsum gewünscht. Aber trotz allem ging die Zeit einigermaßen schnell vorbei; Cady musste sich nie langweilen und bekam von allen Seiten Spiele, die sie alleine, und nur mit ihrer rechten Hand spielen konnte. Auch die Schulbücher vernachlässigte sie nicht, und eine bestimmte Zeit des Tages war für sie reserviert. Drei Monate war sie nun schon hier, aber bald würde es genug sein. Ihre Brüche waren nicht ganz so ernst, wie man zunächst gedacht hatte, und die Ärzte fanden es besser, dass sie, da es ihr nun besser ging, hinaus in eine Kurklinik solle, um dort völlig zu genesen.

So packte Frau van Altenhoven in der darauffolgenden Woche Cadys Sachen, und in einem Krankenwagen fuhren Cady und ihre Mutter viele Stunden lang zur Klinik. Die Tage hier waren für sie noch viel einsamer. An ein oder zwei Tagen in der Woche kam Besuch, keine Schwester Ank war hier, und alles war wieder fremd. Der größte Lichtblick war, dass sich ihre Gesundheit sehr verbesserte.

Als sie sich in der Kurklinik eingewöhnt hatte und ihr Arm aus dem Verband war, musste sie wieder laufen lernen. Das war fürchterlich! Auf zwei Schwestern gestützt setzte sie Fuß vor Fuß, und jeden Tag musste sie aufs Neue üben. Aber je mehr sie lief, um so besser ging es, und schnell gewöhnten sich ihre Beine wieder an die Bewegung.

Als sie so weit genesen war und wieder gut laufen konnte, war es ein Fest, wenn sie mit einem Stock in Begleitung einer Schwester im Garten sein durfte. Bei schönem Wetter, setzten sich Cady und Schwester Truus, die sie immer begleitete, auf eine Bank in dem weiten Garten und redeten oder lasen, wenn sie ein Buch dabei hatten. In den letzten Tagen machten sie wohl auch mal außerhalb des Gartens einen Waldspaziergang, und da Cady das viel schöner fand, hatte die Schwester nichts dagegen einzuwenden. Allerdings kam sie beim Gehen noch sehr langsam voran, und bei einer unerwarteten Bewegung hatte Cady oft Schmerzen; aber sie sehnte sich jeden Tag auf Neue nach dieser halben Stunde, in der sie in der freien Natur war und sich ein wenig vorstellen konnte, gesund zu sein.

Kapitel IV

Nach drei Wochen – Cady kannte schon jeden Stein auf den Wegen und den kleinen Pfaden –, fragte der Arzt, ob sie es nicht schöner fände, allein hinauszugehen. Cady fand das herrlich: »Darf ich das wirklich?«

»Ja, ja, mach dich nur sofort mal alleine auf den Weg und sieh zu, dass wir dich nicht mehr wiedersehen«, scherzte der Doktor.

Als Cady sich fertig gemacht hatte, um hinauszugehen, nahm sie ihren Stock und trat allein durch die Tür. Es war ein merkwürdiges Gefühl, denn sie war so daran gewöhnt, immer Schwester Truus um sich zu haben; aber weiter als bis zum Zaun des Gartens durfte sie an diesem ersten Tag doch nicht gehen. Nach einer halbe Stunde, sah die Saalschwester sie wieder hereinkommen, mit blühenderen Wangen als sonst und einem fröhlichen Gesicht.

»Wie ich sehe, hat dein Spaziergang dir gut getan!«

Von nun an konnte man sie jeden Tag im Garten sehen, und da dies so gut klappte, bekam sie auch die Erlaubnis, sich ein wenig außerhalb des Zaunes zu begeben. Die Gegend, in der das Sanatorium lag, war sehr ruhig, es gab fast keine Häuser ringsum, außer den zehn Gehminuten entfernten großen Villen, die auch jeweils zehn Minuten voneinander getrennt waren.

Cady hatte in einem Seitenpfad eine Bank, die aus einem auf der Erde liegenden Baumstamm gemacht war, entdeckt, und nahm nun Decken mit, um es sich bequem zu machen. Jeden Morgen setzte sie sich dort hin und träumte oder las. Wenn sie ein Buch dabei hatte, glitt es ihr oft nach ein paar Seiten aus den Händen, und sie dachte bei sich: ›Was geht mich dieses Buch eigentlich an, ist es nicht viel schöner, hier zu sitzen und zu schauen, ist es nicht viel besser, selbst über die Welt und ihren Sinn nachzudenken, als zu lesen, was dieses Mädchen in dem Buch erlebt?‹ Und dann blickte sie sich um, sah nach den Vögeln und Blumen, verfolgte mit den Augen eine Ameise, die geradewegs vor ihren Füßen schnell mit einem Hälmchen unterwegs war, und war zufrieden. Dann träumte sie von der Zeit, wenn sie wieder überallhin laufen und springen könnte, wo immer sie will, und kam zu der Erkenntnis, dass ihr Sturz, der so viel Schmerzen nach sich zog, doch auch etwas Gutes hatte. Plötzlich erkannte Cady, dass sie hier in diesem Wald, in der Kurklinik und in den stillen Stunden des Krankenhauses etwas Neues in sich selbst gefunden hatte: sie hatte entdeckt, dass sie ein Mensch mit eigenen Gefühlen, Gedanken und Ideen war, ein von anderen unabhängiger Mensch, der selbst etwas ist.

Wie kam es, dass sie früher nie dahinter gekommen war, dass sie früher nie das Bedürfnis hatte, über die Menschen nachzudenken, die sie täglich um sich hatte, auch nicht über ihre eigenen Eltern?

Was hatte Schwester Ank gesagt? »Hat deine Mutter vielleicht so viel durchgemacht, dass sie den heiklen Dingen des Lebens ausweicht?« Und was hatte sie selbst geantwortet: »Was weiß eine Tochter schon vom Leben ihrer Eltern?«

Was veranlasste sie zu dieser ziemlich bitteren Aussage, während sie doch nun genau wusste, dass sie zuvor niemals über diese Fragen nachgedacht hatte? Und doch, würde sie nun nicht dieselbe Antwort geben? War diese Antwort nicht wahr? Was weiß ein Kind vom Leben anderer, vom Leben seiner Freundinnen, seiner Familie, seiner Lehrer? Was sonst kannte sie von ihnen als die Oberfläche? Ja, hatte sie jemals tiefgründig mit einem von ihnen gesprochen? Ganz tief in ihrem Herzen schämte sie sich dafür, obgleich sie auch nicht wusste, wie sie es anstellen sollte, etwas von den Menschen zu erfahren, und sie kam zu dem Schluss: Was nützt es mir denn, wenn ich ihr Vertrauen habe und ihnen dann doch nicht bei ihren Problemen helfen kann? Und obwohl sie wusste, dass sie keine Ahnung hatte, wie sie helfen sollte, erkannte sie gleichzeitig klar, welche Ruhe und welchen Trost es einem gibt, wenn man jemanden ins Vertrauen ziehen kann; hatte sie es nicht vor Kurzem selbst noch so sehr vermisst, niemanden zu haben, bei dem sie sich einmal ›wirklich‹ aussprechen konnte? War diese drückende Einsamkeit, die sie manchmal in sich fühlte, nicht genau das? Würde dieses Gefühl nicht verschwinden, wenn sie eine Freundin hätte, der sie alles anvertrauen konnte? Und Cady wusste genau, dass sie in dieser Hinsicht zu wenig getan hatte, aber zugleich wusste sie, dass auch die anderen sich nie wirklich für sie interessiert hatten.

Kapitel V

Cady war von Natur fröhlich und redete gern; aber auch wenn sie zu wenig Gelegenheit hatte, jemandem etwas zu erzählen, fühlte sie sich nicht einsam. Nein, das war es nicht, das Gefühl des Alleinseins saß irgendwo anders.

Sieh an, nun grübelte sie doch wieder. Also du wirst noch weich im Kopf von dem ewigen sich Drehen um denselben Punkt. Cady gab sich selbst einen Geistesklaps und musste ein bisschen wegen der Verrücktheit lachen, dass sie, da ihr jetzt überhaupt niemand Vorhaltungen machte, diese vielleicht sogar vermisste und sich darum selbst welche machte.

Auf einmal blickte sie auf, sie hörte Schritte näher kommen; bis jetzt war ihr auf diesem einsamen Pfad hier noch nie jemand begegnet. Die Schritte kamen näher und näher, und nun tauchte aus dem Wald ein Junge von etwa siebzehn Jahren auf, der freundlich grüßte und gleich weiterging.

›Wer kann das sein?‹ dachte sie, ›sollte das einer der Bewohner der Villen sein? Ja, wahrscheinlich, denn niemand sonst wohnt hier.‹ Mit diesem Gedanken war die Angelegenheit für Cady wieder erledigt, und sie hatte den Jungen ganz vergessen, bis er am nächsten Morgen erneut vorbeikam und danach wochenlang jeden Morgen um genau die gleiche Zeit. Eines Morgens, als Cady wieder auf ihrer Bank saß und der Junge aus dem Wald trat, hielt er an, streckte die Hand zum Gruß und sagte: »Ich bin Hans Donkert, wir kennen einander eigentlich nun so lange, sollten wir uns da nicht einmal bekannt machen?«

»Ich heiße Cady van Altenhoven«, antwortete Cady, »und«, ergänzte sie, »ich finde es sehr nett, dass du einmal stehenbleibst.«

»Ja, weißt du, ich wusste nicht genau, ob du es dumm findest, wenn ich immer einfach so vorbeilaufe, oder noch dümmer, wenn ich dich ansprechen würde, aber schließlich wurde ich so neugierig, dass ich es einfach wage!«

»Sehe ich denn so aus, dass jemand Angst haben müsste, mich anzusprechen?« fragte Cady schelmisch.

»Jetzt, da ich dich von Nahem sehe, nicht«, ging Hans auf ihren Scherz ein, »aber sag mal, eigentlich wollte ich dich nur fragen, ob du in den Villen wohnst oder ob du ein Patient des Kurklinik bist – – was mich sehr wundern würde«, fügte er noch schnell hinzu.

»Sehr wundern?« konnte Cady nicht unterlassen zu fragen, »aber sicher bin ich aus der Klinik, ich hatte mein Bein gebrochen und meinen Arm und Fuß gequetscht und musste mich nun ein halbes Jahr lang erholen.

»So viele Verletzungen?«

»Ja, ich bin unglücklicherweise unter ein Auto gekommen. Keine Sorge, du siehst ja, dass du mich selbst nicht mehr für ein Patientin hältst!«

Tatsächlich war Hans ein wenig erschrocken, aber er fand es besser, nicht weiter auf dieses Thema einzugehen. »Ich wohne in Haus Dennegroen, dort hinten«, er wies mit seinem Zeigefinger in die Richtung. »Es kommt dir wohl merkwürdig vor, dass ich so regelmäßig hier entlanglaufe; ich habe Ferien und bin von der Schule nach Hause gekommen, gehe aber jeden Morgen zu einem Freund, weil ich mich sonst zu sehr langweile.«

Cady wollte aufstehen, und Hans, der das sah, streckte ihr sofort seine Hand entgegen, weil sie noch nicht so leicht hochkam. Aber Cady war hartnäckig und weigerte sich, seine Hand anzunehmen. »Sei nicht böse, aber ich muss versuchen, allein aufzustehen.« Hans, der doch irgendwie helfen wollte, nahm dann ihr Buch und fand so einen Anlass, das nette Mädchen zum Sanatorium zurück zu begleiten. Vor dem Zaun verabschiedeten sie sich, als würden sie einander schon lange kennen, und Cady überraschte es auch nicht, dass Hans am nächsten Morgen etwas früher als üblich kam und sich neben sie auf den Baumstamm setzte. Sie sprachen über alles Mögliche, aber nie über irgendetwas Tiefgründiges, und Cady, die Hans schrecklich nett fand, fand es bald schade, dass sie im Gespräch nie ein Thema anschnitten, das nicht ganz so oberflächlich war.

Eines Morgens saßen sie zusammen auf dem Baumstamm ein Stück voneinander entfernt, und die Unterhaltung stockte ein wenig, was sonst nie der Fall war. Schließlich sagte keiner von beiden mehr ein Wort, und sie starrten nur vor sich hin. Cady, ganz in Gedanken versunken, sah plötzlich auf, denn sie hatte das Gefühl, dass jemand sie anblickte. Hans sah auch schon geraume Zeit in das Gesichtchen neben sich, und nun begegneten sich ihre Augen, und sie sahen sich länger an, als sie eigentlich wollten, bis Cady sich dessen bewusst wurde und schnell den Blick senkte.

»Cady«, hörte sie die Stimme neben sich, »Cady, magst du mir nicht etwas von dem erzählen, was in dir vorgeht?«

Cady schwieg einen Augenblick nachdenklich und antwortete dann: »Es ist so schwierig, du wirst es nicht verstehen, du fändest es sicher kindisch.« Cady war plötzlich so mutlos geworden, und bei den letzten Worten versagte ihr die Stimme.

»Hast du so wenig Vertrauen zu mir? Meinst du denn, dass nicht auch ich Gefühle und Gedanken habe, die ich nicht dem ersten besten anvertraue?«

»Ich wollte nicht sagen, dass ich dir nicht vertraue, aber es ist so kompliziert, ich weiß selbst nicht, was ich dir eigentlich erzählen soll.« Alle beide schauten wieder mit ernsten Gesichtern auf die Erde. Cady spürte, dass sie Hans tief enttäuscht hatte, und weil es ihr leid tat, sagte sie plötzlich: »Fühlst du dich auch oft so allein, auch mit Freunden um dich herum, so allein von Innen heraus, meine ich?«

»Ich glaube, dass jeder, der jung ist, sich manchmal alleine fühlt, der eine mehr, der andere weniger. Mir geht es auch so und ich konnte bis jetzt auch mit niemandem darüber sprechen. Jungens vertrauen sich ihren Kumpels noch viel zögerlicher an als Mädchen, sie fürchten noch viel mehr, nicht verstanden und ausgelacht zu werden.«

Cady sah ihn kurz an, als er schwieg und sagte: »Ich habe schon sehr oft darüber nachgedacht, warum die Menschen einander so wenig vertrauen, warum sparen sie so mit ›wahren‹ Worten? Mit nur wenigen Sätzen lassen sich oft große Schwierigkeiten und Missverständnisse lösen.«

Wieder sagte längere Zeit keiner von beiden ein Wort, bis Cady sich plötzlich ein Herz fasste:

»Glaubst du an Gott, Hans?«

»Ja, ich glaube fest an Gott!«

»Ich habe in letzter Zeit sehr viel über Gott nachgedacht, aber noch nie darüber gesprochen. Zu Hause habe ich schon als sehr kleines Kind gelernt, jeden Abend vor dem Zubettgehen zu beten und tat es praktisch aus Gewohnheit, genauso wie ich auch jeden Tag meine Zähne putze. Ich verweilte nie bei Gott, ich meine, dass *Er* in meinen Gedanken eigentlich nie vorkam, denn was ich mir damals wünschte, das konnten meistens Menschen erfüllen.

Seit dem Unfall bin ich viel allein und habe reichlich Zeit, über alle Dinge gründlich nachzudenken. An einem der ersten Abende hier bin ich in meinem Gebet steckengeblieben und merkte, dass ich mit meinen Gedanken ganz woanders war. Ich habe das dann geändert, dachte über die tiefere Bedeutung der Worte nach und entdeckte, dass in dem scheinbar so einfältigen Kindergebet so unglaublich viel mehr steckt, als ich jemals vermutet hatte. Seit diesem Abend habe ich auch andere Dinge gebetet, Dinge, die ich selbst schön fand, nicht nur so ein übliches Gebet. Aber einige Wochen später blieb ich eines Abends wieder in meinem Gebet stecken, als mich wie ein Blitzstrahl der Gedanke durchfuhr: ›Warum sollte Gott mir, die nie einen Gedanken an ihn verschwendete als es mir gut ging, jetzt, wo ich ihn brauche, helfen?‹ Diese Frage setzte sich in mir fest, denn ich wusste, dass es nur gerecht wäre, wenn Gott mich nun seinerseits links liegen lassen würde.«

»Bei dem, was du gerade sagtest, kann ich dir nicht so ganz Recht geben. Früher, als du zu Hause ein fröhliches Leben führtest, hast du ja nicht böswillig so oberflächlich gebetet, du hast einfach nicht weiter über Gott nachgedacht. Jetzt, da du ihn suchst, weil du Schmerzen und Angst hast, jetzt, da du ehrlich versuchst dich richtig zu verhalten, wird dich Gott sicher nicht im Stich lassen. Vertrau auf ihn, Cady. Er hat schon so vielen geholfen!«

Grübelnd sah Cady zu den Bäumen hoch. »Wie kann man denn wissen, Hans, dass Gott existiert? Was und wer ist Gott, niemand hat ihn doch je gesehen; manchmal denke ich, dass all das Beten zu *Ihm* nur ein Beten zu Luft ist!«

»Wenn du mich fragst, was und wer Gott ist, kann ich nur sagen: Du kannst niemanden fragen, *wer* Gott ist und *wie Er* aussieht, denn das weiß niemand. Aber wenn du fragst, *was* Gott ist, dann kann ich dir antworten: Sieh dich um nach den Blumen, den Bäumen, den Tieren und den Menschen, dann weißt du, was Gott ist. Dieses Einzigartige, das lebt und stirbt, das sich fortpflanzt und Natur heißt, das ist Gott. Dies alles hat *Er* so gemacht; eine andere Vorstellung brauchst du von *Ihm* nicht zu haben. Dieses Wunder fassen die Menschen in einem Wort zusammen: Gott. Man könnte es genauso gut anders nennen. Meinst du nicht auch, Cady?.

»Ja, das verstehe ich, ich habe auch selber darüber nachgedacht. Manchmal, wenn der Doktor im Krankenhaus zu mir sagte: »Du machst gute Fortschritte, ich weiß ziemlich sicher, dass du wieder ganz gesund wirst«, dann war ich so dankbar; und wem sonst, die Schwestern und Ärzte ausgenommen, musste ich dafür dankbar sein, wenn nicht Gott? Aber ein andermal, als ich große Schmerzen hatte, dachte ich, dass das, was man Gott nennt, das Schicksal ist, und so drehte ich mich immer im Kreise, ohne zu einem Ergebnis zu kommen. Und als ich mich dann selbst fragte, ja zu welchen Schluss kommst du nun, da wusste ich doch sicher, dass ich an Gott glaube. Es geht mir sehr oft so, dass ich sozusagen Gott um Rat frage, und dann weiß ich unfehlbar sicher, dass er mir die einzig richtige Antwort geben wird. Aber Hans, sollte diese Antwort nicht auf irgendeine Weise aus mir selbst kommen?«

»Wie ich schon sagte, Cady, die Menschen und alles was lebt, hat Gott so geschaffen, wie es ist. Auch die Seele und der Gerechtigkeitssinn kommen von *IHM*. Die Antwort, die du auf deine Fragen bekommst, kommt aus dir selbst – und ebenso von Gott, denn er hat dich so gemacht, wie du bist.«

»Du meinst also, dass Gott zu mir spricht, eigentlich durch mich selbst?«

»Ja, das meine ich, und indem wir uns über das unterhalten haben, Cady, haben wir beide uns schon sehr viel anvertraut. Gib mir deine Hand als Zeichen dass wir einander immer vertrauen werden, und wenn einer von uns ein Problem hat und gerne darüber sprechen möchte, dann wissen wir zumindest alle beide einen Ausweg.«

Cady streckte sofort ihre Hand aus, und sie blieben lange so Hand in Hand sitzen, während sie alle beide eine herrliche Ruhe in sich erwachen fühlten.

Seit ihrem Gespräch über Gott fühlten Hans und Cady beide, dass sie eine Freundschaft geschlossen hatten, die viel tiefer ging, als jeder Außenstehende gedacht hätte. Cady hatte sich inzwischen so daran gewöhnt, alles, was um sie herum geschah, in ihrem Tagebuch festzuhalten, dass sie gelernt hatte, ihre Gefühle und Gedanken dort am besten zu beschreiben – außer bei Hans.

Einmal schrieb sie:

»Obwohl ich nun einen Freund habe, der ›echt‹ ist, so bin ich doch nicht immer froh und glücklich. Ob die Stimmungen bei allen Menschen so wechseln? Aber wenn ich immer glücklich wäre, würde ich vermutlich nicht genügend über alle möglichen Dinge nachdenken, die sicher des Nachdenkens lohnen.

Unser Gespräch über Gott geht mir noch immer im Kopf um, und es passiert mir häufig, dass ich plötzlich, während des Lesens im Bett oder im Wald, denke: Wie spricht Gott eigentlich durch mich selbst? Dann folgt ein langes Zwiegespräch in mir.

Ich glaube, dass Gott ›durch mich selbst spricht‹, weil *Er*, bevor *Er* die Menschen schuf, jedem von ihnen ein Stückchen von sich selbst mitgab. Dieses Stückchen ist es, was im Menschen den Unterschied zwischen Gut und Böse macht und was ihm Antwort auf seine Fragen gibt. Dieses Stückchen ist ebenso Natur wie das Wachsen der Blumen und das Singen der Vögel.

Aber Gott hat auch Leidenschaften und Begierden in die Menschen gepflanzt, und in allen herrscht ein Streit zwischen diesen Begierden und der Gerechtigkeit.

Wer weiß, vielleicht kommt der Tag, an dem die Menschen mehr auf ›das Stückchen von Gott‹, das Gewissen heißt, hören werden, als auf ihre Begierden!«

*

Unterdessen war die Zeit für die Juden nicht besser geworden. Im Jahr 1942 sollte sich für viele ihr Schicksal entscheiden. Im Juli begann man, die Jungen und Mädchen von sechzehn Jahren aufzurufen und zu deportieren. Zum Glück hatte man dabei anscheinend Cadys Freundin Mary vergessen. Später blieb es nicht nur bei den jungen Menschen, sondern alle mussten dran glauben. Im Spätherbst und Winter machte Cady Schreckliches durch. Abend für Abend hörte sie die Wagen durch die Straßen fahren, man hörte Kindergeschrei und Türenschlagen. Unter der Lampe sahen sich Herr und Frau van Altenhoven und Cady an, und in ihren Augen konnte man die Frage lesen: ›Wer wird wohl morgen nicht mehr da sein?‹

Eines Abends im Dezember beschloss Cady, schnell zu Mary zu gehen und sie ein wenig abzulenken. An diesem Abend war der Lärm auf der Straße schlimmer denn je. Cady klingelte dreimal bei Hopkens um Mary ein Zeichen zu geben, und diese kam nach vorn und schaute erst vorsichtig durch das Fensterchen. Dann ließ man Cady herein, wo die ganze Familie, in Trainingsanzügen und mit Rucksäcken, wartend dasaß. Alle waren bleich und sagten kein Wort, als Cady ins Zimmer trat. Ob sie wohl schon monatelang jeden Abend so hier sitzen? Der Anblick all dieser angstvollen und bleichen Gesichter war furchtbar. Bei jeder Tür, die draußen mit einem Schlag ins Schloss fiel, ging ein Schock durch alle, die hier saßen. Diese Schläge schienen das Symbol für das Zuschlagen der Tür des Lebens zu sein.

Um zehn Uhr verabschiedete sich Cady, sie merkte wohl, dass es keinen Sinn hatte, hier so zu sitzen, sie konnte diesen Menschen, die schon in einer anderen Welt zu sein schienen, doch nicht helfen oder sie auf andere Gedanken bringen. Die einzige, die sich ein wenig aufrecht hielt, war Mary. Sie nickte

Cady von Zeit zu Zeit zu und versuchte unter Aufbietung all ihrer Kräfte, ihre Schwestern und Eltern zu bewegen, doch etwas zu essen.

Mary brachte sie wieder an die Tür und verriegelte diese hinter ihr. Cady lief mit ihrem Lämpchen in der Hand in Richtung ihrer Wohnung. Sie hatte noch keine fünf Schritte gemacht, als sie lauschend stehenblieb; um die Ecke der Straße näherten sich Schritte, wie von einem ganzen Regiment Soldaten. Cady konnte in der Dunkelheit wenig sehen, aber sie wusste gut genug, wer sich ihr näherte und was das bedeutete. Sie knipste ihre Taschenlampe aus, drückte sich gegen eine Mauer, und hoffte, dass diese Männer sie nicht entdecken würden. Doch plötzlich hielt so ein Kerl vor ihr an, die Pistole in der Hand, und sah sie mit drohenden Augen und einem bösen Gesicht an.

»Mitgehen!« war das einzige, was er auf Deutsch sagte, und gleichzeitig packte er sie derb und zog sie weg.

»Ich bin ein Christenmädchen von ehrbaren Eltern, mein Herr!« wagte sie zu sagen. Von Kopf bis Fuß zitternd fragte sie sich, was dieser unheimliche Kerl mit ihr anstellen würde. Um jeden Preis musste sie ihn dazu bringen, ihren Personalausweis anzusehen.

»Ehrbar ja? Lass den Beweis sehen!«

Cady zog den Ausweis aus der Tasche.

»Warum hast du das nicht gleich gesagt«, sagte der Mann, den Ausweis betrachtend, »... so ein Lumpenpack!«, und bevor sie wusste, wie ihr geschah, lag sie auf der Erde. Aus Wut über seinen Irrtum hatte der Deutsche dem ›ehrbaren Christenmädchen‹ einen kräftigen Stoß versetzt. Sich nicht um ihre Schmerzen oder etwas anderes kümmernd, stand Cady auf und rannte nach Hause.

Nach diesem Abend verging eine Woche, ohne dass Cady Gelegenheit hatte, wieder zu Mary zu gehen. Aber eines Mittags nahm sie sich die Zeit und kümmerte sich nicht um Arbeit oder andere Verabredungen. Schon bevor sie die

Wohnung der Hopkens erreicht hatte, fühlte sie fast sicher, dass sie Mary nicht mehr antreffen würde, und wirklich, als sie vor der Tür stand, war diese versiegelt.

Eine entsetzliche Mutlosigkeit überfiel Cady. ›Wer weiß, wo Mary jetzt ist‹, dachte sie. Sie drehte sich schnell um und ging zurück nach Hause. Dort lief sie in ihr Zimmerchen und warf die Tür ins Schloss. Sie ließ sich auf den Diwan fallen, noch mit dem Mantel an, und dachte immer, immer wieder an Mary.

Warum musste Mary weg und sie durfte hierbleiben! Warum erlitt Mary dieses schreckliche Schicksal und sie selbst durfte sich vergnügen? Worin bestand denn der Unterschied zwischen ihnen beiden? War sie etwa besser als Mary? Waren sie nicht alle beide dasselbe? Was hatte Mary denn verbrochen? O, das Ganze konnte nichts anderes als ein schreckliches Unrecht sein. Und plötzlich hatte sie Marys kleine Gestalt vor Augen, eingeschlossen in einer Zelle, in Lumpen gekleidet, mit einem eingefallenen und abgemagerten Gesicht. Ihre Augen erschienen so groß, und sie sah Cady so traurig und vorwurfsvoll an. Cady konnte es nicht mehr aushalten, sie fiel nieder auf die Knie, auf den Boden und weinte, weinte, bis ihr Körper bebte. Immer wieder sah sie Marys Augen und ihren um Hilfe flehenden Blick, um eine Hilfe, von der Cady wusste, dass sie sie nicht geben konnte.

»Mary vergib mir, komm zurück ...!«

Cady wusste nicht mehr, was sie sagen oder denken sollte; für das Elend, das sie so deutlich vor Augen sah, gab es keine Worte. In ihren Ohren hörte sie Türen schlagen und Kinder weinen, und sie sah vor sich einen Trupp roher, bewaffneter Männer, genau wie der, welcher sie in den Schmutz geworfen hatte, dazwischen aber, hilflos und allein, Mary – – Mary, die nichts anderes war, als sie selbst.

[Dieser von Anne Frank geplante Roman ist unvollendet]